はぐれ又兵衛例繰控【二】

鯖断ち

坂岡真

双葉文庫

目次

鯖断ち

はぐれ又兵衛例繰控【二】

赦免船

一

十年前に亡くなった父のことばで、忘れられないものがある。

「おなごを泣かすことは侍として、いや、男としてあってはならぬ」

何故、そんなふうに諭されたのかは忘れたが、どうにも耳から離れない。

近頃は毎日のようにおもいだし、知らぬうちに口ずさんでいたりもする。

もちろん、理由はわかっていた。

独り暮らしに馴れた八丁堀の拝領屋敷へ、静香が引っ越してきたからだ。

静香は零落した大身旗本の娘、市井に下って二年近くも永代寺門前の料理茶屋で下女奉公をしていた。剣の師である小見川一心斎に「おぬしにちょうどよい」と言われ、勝手にはなしを通されてからも、しばらくは会うのを避けていたのだが、何の因果か、ひとつ屋根の下で暮らすことに決めた。

いる。

祝言もあげていないのに、隣近所からは「与力の奥さま」と受けとめられている。

「縹緻好しのお嫁さんを貰って羨ましい」

などと言いつつも、誰もが内心ではせせら笑い、なかには同情の眼差しを向ける者もあった。

「もれなく両親がついてきた」

と、面白おかしくからかう連中もいる。

静香はある日突然、初老の両親を連れて引っ越してきたのだ。

しかも、一千石取りの小十人頭だった父親はまだら惚けになっており、いつも三番叟の翁面をかぶった老爺のように笑っているのだが、都築主税という自分の姓名すらおもいだせない。亀という妻の顔もろくにおぼえておらず、飯を食べたことすら忘れてしまう。可愛げはあるものの、ひとことで言えば始末に負えない父親であった。

両親のことは聞いていない、おぬしを嫁にはできぬと拒んでも許されるところだが、平手又兵衛にはそれができなかった。

両親を拒めば、静香も失うことになる。せっかく恋情を抱いた相手を失いたくなかったし、双親(ふたおや)をずいぶんむかしに亡くしていたので、親孝行のまねごとをしてみたいなどと、殊勝(しゅしょう)な考えも脳裏(のうり)をかすめた。

「何事も最初が肝心、一度受けいれてしまえば終わったも同然だな、ぬへへ」

巨体を揺すってさも愉快そうに笑うのは、楓川(かえでがわ)を渡ったさきの常盤町(ときわちょう)に「鍼(しん)灸(きゅう)揉(も)み療治(りょうじ)」の看板を掲(かか)げる長元坊(ちょうげんぼう)である。幼馴染(おさななじ)みで元破戒坊主(はかいぼうず)の鍼医者(はりいしゃ)は、又兵衛の暮らしぶりを酒の肴(さかな)に、このところは毎晩、美味(うま)い酒を呑(の)んでいるという。

「南町奉行所(みなみまちぶぎょうしょ)の例繰方与力(れいくりかたよりき)、平手又兵衛、三十八歳。公儀から二百石の禄米(ろくまい)を頂戴(ちょうだい)し、他人と馴染まぬ性分ゆえに『はぐれ』と陰口をたたかれつつも、地味な役目をそつなくこなし、先月までは気儘(きまま)な独り暮らしを十年もつづけてきた。それがどうだ。老(お)い耄(ぼ)れ師匠の連れてきた出戻り女に懸想(けそう)しちまったせいで、あれよという間に双親までも背負(しょ)いこんだ。好きな朝風呂に行くときも、三番叟の翁を連れていく。鼻歌交(ま)じりに翁の背中を流してやれば、なるほど、親孝行の気分も味わえよう。仲良くみなで夕餉(ゆうげ)の膳(ぜん)を囲めば、心も温まろうってもんだ。へへ、おれはまっぴら御免だがね」

面と向かっておちょくられたら腹も立つが、気心の知れた友と呼べる相手は長元坊しかおらず、時にはいっしょに酒を浴びるほど呑んで憂さを晴らしたくなった。

「鬱陶しいのか、だろうなあ。でもよ、まったく知らねえ他人と肩寄せあって暮らすことなんざ、いくら望んでもできねえことだぜ。幸運が転がりこんできたとおもって、せめて半年くれえはつづけてみりゃいいさ」

昨晩、長元坊に言われたことをおもいだし、又兵衛は毒づいてみせる。

「ふん、他人事だとおもって好き勝手なことを」

拝領屋敷の庭先には、怒りを去らしむ合歓の花が咲いていた。

「いってらっしゃいまし」

静香と亀と三番叟の翁に送りだされ、冠木門から外へ出れば、夏の日差しが容赦なく照りつけてきた。

「今日も暑くなりそうだな」

溜息を吐いて楓川に架かる弾正橋を渡り、京橋川に架かる白魚橋も渡って、三十間堀沿いに紀伊國橋の橋詰めから新シ橋の手前まで漫ろに歩く。そこから尾張町のほうへ曲がれば、東海道を横切った向こうに濠端の広小路がみえ、濠に架かる数寄屋橋を渡ったさきに、番所櫓付きの豪壮な長屋門があらわれた。

黒い渋塗りに眩い白漆喰の海鼠塀、みる者すべてを圧倒する建物こそが南町奉行所にほかならない。

与力の出仕は昼の四つ（午前十時頃）、正門右手の潜り戸を抜けるころには、びっしょり汗を掻いていた。門から玄関の式台までは、伊豆産の青い敷石が六尺幅でまっすぐに延び、両脇一面には粒の揃った那智黒の砂利石が敷きつめられている。

もちろん、朝に夕に打ち水は欠かさない。左手の白壁には天水桶が山形に積まれ、銀砂で磨かれた大小の玄蕃桶が整然と並んでいた。正面の玄関は鴨居からうえが高く取ってあり、銀鱗の甍を重ねた大屋根が聳えている。

柱も羽目板も総檜造りで、玄関の踏段を三段あがれば、右手の当番所から若い与力が顔を出した。

「おはようございます」

奉行直属の家来は折り目正しく挨拶し、からくり人形のごとく、すぐに引っこんでしまう。

例繰方の御用部屋は左手だが、行く手には扇子を揺らす年番方与力が立っていた。

狡猾な鼠、山忠こと山田忠左衛門である。

「はぐれよ、とんだ厄介事を背負いこんだらしいな。廓の女を嫁にするついでに、死に損ないの双親も家に入れたとか。おぬし、ひょっとして、血迷うたのか」

「いいえ」

尾鰭の付いた噂など、気にせぬことに決めていた。しかも、年番方与力は老舗における古参番頭のようなもので、おいそれと逆らうことはできない。いちいちまちがいを正すのも面倒臭いので、適当に相槌を打っておく。

「噂がまことなら、おぬしを見直す機会になるやもしれぬ。くそおもしろうもない堅物で、ただの変わり者かとおもうたが、前代未聞のうつけ者であったとな、ぐふっ。聞くところによれば、おぬしは御定書百箇条のみならず、七千を超える類例集の文面を一言一句漏らさずに諳んじられるそうじゃな。能ある鷹は爪を隠すのやもと秘かに目を掛けておったが、どうやら、かいかぶりすぎておったようじゃ。せいぜい嫁を可愛がってやるといい」

「はあ」

「何でも、はあか。暖簾に腕押しとは、平手又兵衛のことじゃな、ぬはは」

いつものことなので、別に腹も立たない。

又兵衛は鬢だけ白い「山忠」の背中を見送り、くるっと踵を返す。

御用部屋に踏みこむと、三つ年上の中村角馬がにやにや笑いかけてきた。

同格の与力だが、部屋頭なので威張っている。毎朝、下役の同心たちに性懲りも無く退屈な訓示を垂れ、眠気覚ましに冷めた茶を大量に呑むせいか、厠に立つ回数は誰よりも多い。

文机のまえに座った同心たちは目礼だけし、各々の役目に戻っていったが、ふたりの会話に聞き耳を立てているのはわかった。

「よう、色男。所帯を持った感想はどうだ。赤の他人の年寄りもついでに背負いこむ太っ腹、おなごに惚れた弱みなのか、世情に疎い莫迦なのか、あるいは、暑さで頭がおかしくなったのかと、誰もが陰でおぬしの噂をしておる。ふふ、人の噂は蜜の味と申すであろう。しかも、それが平常ではあり得ぬようなはなしならば、なおさら耳目を引くというもの。誰からも目を向けられず、おるかどうかも判然とせぬ例繰方与力が、一躍、注目の的となっておるというわけさ」

「迷惑ですな。あらぬ噂をひろめないでいただきたい」

「おいおい、わしではないぞ。おぬしの嫁が廓の女で、しかも、よいよいの双親を連れてきたなどと、天地神明に誓っても言うたおぼえはないからな。されど、まあ似たようなものではないか。のう、おぬしもようやく今から、世間並みの苦労を味わうことになるのだ。そこをな、そこをみなは期待しておるのよ、くく」

　あいかわらず、言いたいことがよくわからぬ。同じ町奉行所に詰める同僚が苦境に陥るのを、なかば期待しながら注視しているとでも言いたいのか。ともあれ、迷惑千万なはなしだ。何よりも、妙なかたちで注目されはじめたことに、又兵衛は煩わしさを感じていた。

「出仕早々申し訳ないが、おぬしにちと頼みたいことがあってな。正午過ぎに、深川の万年橋まで出向いてもらえぬか」

「万年橋にでござりますか」

「何だとおもう」

「はて」

「御赦免船が着く。赦免になった者を出迎えねばならぬのよ」

「はあ。されど、何故、それがしが」

「無論、出迎えは人別調掛の役目だが、御奉行から急ぎの用事を申しつけられたらしゅうてな、わしに泣きついてきたのよ。ほれ、例の脇田伊織どのだ」

例のと言われても、脇田のことなどつゆほども知らぬ。

「同じ調べ役の誼で何とか頼めぬかと、頭を下げられたら断れまい。それがな、つきあいというものだ」

人別調掛は、正式には赦帳撰要方人別調掛という。沙汰を受けた罪人のうち、遠島になった者たちの名簿と罪状書をつくり、将軍家の祝い事などで赦令が出たときに恩赦の対象にする者を人選して町奉行に上申する。

存外に忙しいお役なのだが、きっちりした性格の筒井伊賀守政憲が南町奉行となってからはいっそう忙しくなり、日が暮れても帳面と睨めっこせねばならぬこともたびたびあるという。

だからといって、恩赦の罪人を迎えにいく面倒な役目を引き受ける義理はない。

おおかた、中村のほうに借りがあるのだろうと、又兵衛は見当をつけた。

「わしが行ってもよいのだが、ほれ、部屋頭が昼の日中にのこのこ外へ出るわけにもいくまい。頼む、このとおりだ」

年上に頭を下げられたら、断るわけにもいかない。

このところ、誰にたいしても、断るべき場面で強く出られぬのだが、それはそれで詮方あるまいと、又兵衛は鷹揚に構えていた。

「承知しました。まいりましょう」

「さようか、引き受けてくれるか。さすが、所帯を持つとちがうな。そうやって、段々に大人のつきあいができるようになる」

余計なお世話だ。上役に追従する器用さもなければ、同輩や下役の同心たちと一献酌みかわす親しみやすさも持ちあわせていない。今さら直す気もないので、中村のことばは鬱陶しい銀蠅の羽音にしか聞こえなかった。

「くかか、まあそういうことだ」

中村は笑いながら同心たちを見下ろし、偉そうに声を張りあげる。

「おぬしらも、平手又兵衛を見習うがよい。仕事のできる侍とはな、常日頃のつきあいをだいじにするものだ。近いうちに酒席を催すゆえ、かならず参じよ。このわしが宮仕えの心構えをしかと教えて進ぜよう」

同心たちはげんなりし、文机の帳面に目を落とす。

淀んだ空気のなかにいるよりは、外に出たほうがましであろう。

万年橋のたもとまで行けば、川風も涼しく感じられるにちがいない。

かえって、ありがたい役目を仰せつかったのかもしれぬと、又兵衛はおもうようにした。

二

風はそよとも吹いていない。

嗜みにしているへぼ句でも捻ろうとおもったが、頭には「氷」という一字以外に浮かんでこなかった。

唐桟縞の着物は、汗でびっしょり濡れている。

まさに炎昼とでも言うべきか、桟橋に立っているだけで焦げついてしまいそうだ。

柾木稲荷のそばにある桟橋からは、長さ百十六間におよぶ新大橋の橋桁がみえる。柾木稲荷は蕎麦断ちをすれば腫れ物を治す効験があることで知られ、祈願成就の御礼参りに拝殿の狐へ蕎麦を奉納する者もやってきたが、さすがにこう暑いと鳥居を潜る人影も稀だった。

門前には、これみよがしに名代の蕎麦屋が一軒ある。

ひょいと暖簾を振りわけ、つゆと塩で二八蕎麦をたぐった。

喉越しがよく、擂りおろした辛味大根との相性も抜群だった。

評判の高い見世には足をはこばずにはいられぬ性分ゆえ、とりあえずは美味い蕎麦を食えただけでも、やってきた甲斐はあったというものかもしれぬ。

みずからにそう言い聞かせ、吹きでる汗を拭いながら待ちつづけている。

やがて、永代橋のほうから、一艘の船影が陽炎のように揺れながら近づいてきた。

「鷭の旦那、来やしたよ」

喋りかけてくるのは、小者の甚太郎である。

以前、油屋の娘を手込めにしかけた無頼漢どもを、又兵衛は芝居町の露地裏でこっぴどく痛めつけたことがあった。甚太郎は偶さかそのときの見事な立ちまわりを目にして以来、弱そうにみえてじつは強いと、すっかり又兵衛に心酔し、町奉行所の門前で見掛ければ金魚の糞のように従いてくる。

肌の色が浅黒くてひょろ長く、怒った際に月代を赤く染める外見から、お調子者の甚太郎は又兵衛を水鳥の鷭に喩え、自分だけに許された特権のように「鷭の旦那」と呼びかけてきた。

世情に通じた重宝な男でもあり、近頃は好きなように呼ばせている。

中村に持たされた一寸書きには、恩赦を認められた五人の名と簡単な素姓が記されてあった。

「いっち遠い八丈島から帰えってくる連中です。なかにゃ、十四年ぶりに娑婆の土を踏むやつもいる。おいらがまだ十にもなってねえころのはなしだ」

十四年前といえば文化四（一八〇七）年、又兵衛が父親の後を継ぐべく、見習い与力として出仕したばかりのころだ。葉月十九日、深川の富岡八幡宮の祭礼で三十年ぶりに神輿渡御が催されることとなった。見物客が一気に押しよせ、鈴生りの人で埋め尽くされた永代橋は重みに耐えきれなくなり、轟音とともに崩落してしまった。

二千人余りの死傷者を出した大惨事は、今も記憶に生々しく残っている。

それだけの人が死んだ年に、あやまって人をひとり死なせ、遠島の沙汰を受けた職人がいた。

「居職の庄吉、当時二十六でやんすから、ちょうど今年で四十か」

甚太郎は一寸書きに目を落とし、五人目の名と素姓を口にする。

不惑は分別をわきまえる区切りの齢だが、島帰りの男がどのような風体になっているのかは想像もつかない。

「ほかの四人は無宿でやんすね。博打で捕まったやつらみてえだ」

あらかじめ縁者には報せてあったようで、桟橋には出迎えの年寄り夫婦や女子どもがぞろぞろ集まってきた。若い母親に抱かれた赤子を除けば、おそらく、十四年前も同じ桟橋から流人船を見送った者たちであろう。

「十四年が長えのか、それとも短えのか、どっちなんでやしょうかね」

「さあな」

長く感じる者もいれば、その逆もあろう。人それぞれに感じ方はちがうだろうが、戻ってきた者の風貌をみれば、誰もが失われた時の重さをおもわざるを得まい。

島流しとは、現世との絶縁を意味する。

罪人は犯した罪業のみならず、来し方のすべてを否定され、償いのみを生きる糧としなければならぬ過酷な運命に置かれるのだ。

一度生きることをあきらめねば、隔絶された島で生きながらえるのは難しい。

島流しの罪人について、むかし、父に聞いたことがあった。

「誰もが最初は悪夢に魘される。いつかは戻ることができるかもしれぬ。そんな妄想を抱くからだ。ところが三年も経てば、悪夢をいっさいみなくなる。微かに残っていた望みが跡形もなく消えてしまうからだ」

赦免になった者たちの心情は、複雑なものにちがいない。心の底から喜ぶこともできず、頭のなかは戻ったときの不安でいっぱいなのではないかと、又兵衛は想像した。

「船が着いたぞ」

船役人の声が響き、流人船は桟橋へ横付けにされる。

流人たちはいずれも鼠色のお仕着せを纏い、月代も髭も伸びきっていた。

桟橋に着くまでは罪人として扱われるので、手首に縄を掛けられている。

船のうえで縄を解かれ、名を呼ばれた者から順に桟橋へ降りてくるのだ。

与力は少し離れて立ち、受け渡しの一部始終を見届ければそれでよい。

「無宿弥五郎、これへ」

ひとり目が名を呼ばれ、船から降りてくる。

怖ず怖ずと近づいていったのは、年老いた双親だった。

父親は目がみえないらしく、両手で藻掻くように宙を摑もうとする。

弥五郎と呼ばれた男は父親の手を取り、泣きながら顔を触らせてやった。母親も入れて三人で身を寄せあい、役人から些少の餞別を貰って桟橋から離れていく。

　甚太郎はたまらず、しゃくりあげた。

「……も、もう駄目だ、みちゃいらんねえ」

　ふたり目が降りてきた。女房らしき女が駆けていく。ふたりは面と向かってみつめあい、がばっと抱きあうと、人目も憚らずに号泣しはじめた。

　さらに、三人目の男に駆け寄ったのは、両親と年の離れた妹のようだった。妹は生まれたばかりの赤子を抱いており、男は無邪気な赤子の顔をみて、泣き笑いの表情になった。ようやく、娑婆へ戻ってこられたありがたみに気づいたのであろう。

　四人目はいかにも貫禄のある老いた親分で、乾分らしき若い衆が何人も迎えにきていた。若い衆たちは酒樽まで持ちこんでお祭り騒ぎのような出迎えをやり、早々に桟橋から遠ざかっていった。

　そして、いよいよ最後の五人目になった。

「居職庄吉、これへ」

　甚太郎によれば、あやまって人を死なせた男である。

　四十よりも十は老けてみえた。痩せこけて顴骨が張り、みるからにしょぼくれてはいるものの、気を取りなおして堂々と胸を張ろうとする。

ところが、出迎える人影は桟橋にひとつもない。

「あれ」

甚太郎も、きょろきょろ辺りをみまわした。

「あんまりだぜ、縁者がひとりもいねえのか」

虚しい声が届いたのか、庄吉は淋しげに微笑み、餞別を手渡した役人に向かって深々と頭を垂れる。

何処かでみたような風貌だが、すぐにはおもいだせない。

又兵衛は眸子を細め、古い記憶を掘りおこそうとする。

庄吉は項垂れたまま、桟橋をあとにしかけた。

「おい、待て」

おもわず、呼びとめてしまう。

振りむいた庄吉は、不思議そうに首をかしげた。

又兵衛は身を寄せ、やんわりと問いかける。

「おぬし、居職だったのか」

「へい、欠け茶碗の焼き接ぎをしておりやした」

「焼き接ぎの職人か。あっ」

おもいだした。

まだ十に満たぬころ、父がたいせつにしていた黒い井戸茶碗を触りたくなり、高い棚から三和土のうえに落としてしまった。父は欠けた井戸茶碗を手にして烈火のごとく怒り、又兵衛は泣いて謝った。そののち、十数年も放置されていた茶碗を、ある日、流しの焼き接ぎ職人がものの見事に接いでくれた。

それが庄吉だ。まちがいない。

黒い井戸茶碗を接いでからも、何度か家にやってきた。

おそらく、今から二十年近くもまえのはなしになろう。

「八丁堀与力の平手又兵衛だ。あのとき接いでくれた黒い井戸茶碗、おぼえておるか」

少しばかり間があって、庄吉は首を横に振った。

「何せ、むかしのはなしです。おぼえてなんざおりません。焼き接ぎをしていたことさえ、うろおぼえなもんで」

「さようか。ふむ、引き留めて悪かったな」

「とんでもねえ。与力の旦那にお声を掛けていただき、天にも昇る気分でさあ。おかげさまで、野垂れ死にだけはしねえで済みそうです」

「何を言うか。おぬしは万にひとつの幸運を引きあて、十四年ぶりに赦免されたのだ。しっかりと生き直さねば、罰が当たるぞ」

「へい。でも、生き甲斐なんざありません。迎えに来る者もいねえ身ですから」

投げやりな口調ではなく、達観したような物言いだ。

又兵衛は、ぐっとことばに詰まった。

「それじゃ、ごめんなすって」

去りかけた背中を、もう一度引き留める。

「待て」

「へっ、何でしょう」

「天道人を殺さずということばもある。お天道さまは、おぬしのことをちゃんとみていてくださる。何か困ったことがあったら、八丁堀の屋敷を訪ねてくるといい」

「もったいないおことば、おありがとう存じます」

庄吉は腰をふたつに折り、丸まった背をみせるや、足早に離れていった。

できることなら、もっと安心させられるようなことばを掛けてやりたかった。

何故、そのような気持ちにさせられたのか。ただ、迎えも来ない島帰りの男に憐みを抱いたからというだけではない。井戸茶碗を接いでくれた腕のよい職人にたいして、胸の片隅にずっと抱いていた感謝の念をおもいだしたからだ。

力になってやりたいと、又兵衛は本心からおもった。

三

翌朝。

又兵衛は棚の奥から黒い井戸茶碗を取りだし、両手で包んでじっくりと眺めた。

灼熱の窯で釉が飛散し、見た目に力強さを与えている。父は人に媚びない無骨な外観を気に入っていた。釉調にしても漆黒一辺倒ではない。呑み口の辺りは篦で斜め筋状に掻き落とされており、それが激しい風雨を連想させた。

来歴の記された箱はない。ただ、高麗渡りの逸品であろうことはわかった。偶さか立ち寄った骨董屋で、父が三両もの大枚を叩いて買ったのだ。

欠けてからも捨てられなかった。いずれは金粉漆で接いでみようと、目論んでいたのだろう。それゆえか、庄吉が上手に接いでくれたときの喜びようは尋常なものではなかった。

父はできあがった接ぎ茶碗を愛でるだけでなく、それで茶を呑んだり、ときには飯碗にもしていた。

「暮らしのなかで使ってやらねば、器は真価を発揮せぬもの」

又兵衛は父に言われたことをおもいだし、朝餉の膳に置いてみようと考えた。

静香が両親を連れて不忍池へ蓮見に出向いたこともあり、賄いのおとよ婆に頼んで冷や汁をつくってもらったのだ。

おとよの冷や汁は、じつに美味い。鰹と昆布で出汁をとり、信州味噌を溶いてから冷ます。冷めた汁を冷や飯にぶっかけただけの代物だが、あらかじめ鯵の干物や木綿豆腐を入れておき、仕上げに白胡麻を振りかけ、輪切りにした胡瓜と青じそを添える。

無骨な井戸茶碗で冷や汁を啜っていると、どうしたわけか、合戦場へおもむく武将のごとき猛々しい心持ちになった。

今から十年前、吟味方の花形与力だった父は、乱心した浪人に道端で斬られた。そのときの傷が原因で半月後に逝き、母もあとを追うように還らぬ人となった。父の後を継いで吟味方になる道もあったが、おとなしくて人見知りの性分ゆえか、又兵衛は内勤の例繰方に進む道を選んだ。

父も出役には不向きな又兵衛の性分を見抜いていたが、せめて捕り方の気構えだけは叩きこんでおこうとおもったのであろう。幼い又兵衛を香取神道流の道場に通わせ、厳しい剣の修行を課したのは、侍の矜持をしっかり根付かせたいという親心のあらわれだったにちがいない。

父は『和泉守兼定』を息子に託して去った。刃長二尺八寸におよぶ美濃伝の銘刀である。眠りが浅いときは、庭に出てその刀を何百回と振りつづける。長元坊しか知らぬことだが、又兵衛は香取神道流の秘技とも目される「抜きつけの剣」を極めていた。

父のことばで忘れられぬものがある。

「抜かずに勝つ。これぞ剣の奥義なり。とはいえ、侍として刀を抜かねばならぬこともあろう。いざというとき、けっして恥を掻かぬようにせねばならぬ。その一瞬のために、今の鍛錬があると心得よ」

抜くべきときに抜けぬ、それは侍の恥だと教わった。

逆しまに、侍ならば抜くべきときは抜かねばならぬ。

「ただし、殺気を面に出してはならぬ。相手に気取られぬためには、日頃から平静さを保たねばならぬ。得てして、強き者とは弱くみえる者のことを言う」

接がれた井戸茶碗を愛でながら、父はいつもそんなことをつぶやいていた。

それにしても、庄吉のことが気になって仕方ない。

又兵衛は何せ昨日まで、島流しになっていたことすら知らなかったのだ。

複雑なおもいに浸(ひた)りながら冷や汁を平(たい)らげ、空になった井戸茶碗を布で拭いながら眺めていると、玄関に訪ねてくる者があった。

「旦那さま、艶(つや)っぽいご新造(しんぞ)が訪ねてきなさったよ」

首を捻るおとよに向かって、又兵衛も首を捻りかえす。

「艶っぽいご新造など、わしは知らぬぞ」

言い訳めいた口調で言い、急いで玄関へ出てみた。

なるほど、三十路(みそじ)を少し過ぎたあたりの妖(あや)しげな女が立っている。

眉(まゆ)を剃(そ)って歯を染めているところから推(お)せば、誰かの女房か妾(めかけ)であろう。

「平手又兵衛さまであられましょうか」

「いかにもそうだが」

「わたくし、れんと申します。故(ゆえ)あって、詳しい素姓は申しあげられませぬ。ただ、焼き接ぎ職人の庄吉に縁のある者と、ご理解いただきとう存じます」

「庄吉の縁者……もしや、昨日も柾木稲荷の桟橋に」

「まいりました。されど、遠目から眺めていただけで、仕舞いまで一歩を踏みだすことができませんでした」

おれんは悲しげに眸子を伏せる。何か、よほどの事情でもあるのだろう。

「平手さまは、庄吉にお声を掛けてくださりましたよね。昨日のおすがたをみて、もしやとおもったのでござります。もしや、庄吉から何度となくはなしを聞いていた、黒い井戸茶碗のお客さまではあるまいかと」

「ん、待ってくれ」

俄然、又兵衛は身を乗りだす。

「庄吉はおぬしに、井戸茶碗のはなしをしたのか」

「はい。あれは小堀遠州という お偉い方も所有する高麗渡りの井戸茶碗にちがいない。そんな高価な茶碗の焼き接ぎができる機会は、生涯に一度訪れるかどうかもわからぬ。自分は平手さまのおかげで幸運に恵まれたと、しかも、精魂込めてやらせてもらった仕事をえらく褒めてもらったと、晩酌のたびに、さも嬉しそうに自慢しておりました」

「晩酌……おぬし、もしや庄吉の女房か」

「えっ」

図星のようだ。又兵衛は眸子を細める。

「庄吉の技倆は並外れておった。焼き接ぎの出来栄えを褒めたのは、今は亡きわしの父でな」

「……お、お父さまが」

「ふむ、井戸茶碗を手に取れば、茶碗をだいじにしていた父と、欠け茶碗を接いでくれた職人の顔をおもいだす。わしは庄吉のことをもっと知りたい。何故、島流しになったのか。十四年前に、いったい何があったのか。女房のおぬしなら、事情をわかっておるはずだ」

「どうか、ご勘弁を。わたしめは語る立場にはござりませぬ。ただ、庄吉の落ちつきさきを伺いたかっただけなのでござります。ご縁のある平手さまならば、きっと教えていただけるのではないかと、さようにおもい、迷いに迷ったすえにお訪ねしたのでござります」

「落ちつきさきなら、誰かに聞けばわかろう。されどそのまえに、庄吉の身に降りかかった出来事を知っておかねばならぬ。無論、口外はせぬし、遡って罪に問うようなことはせぬ。武士に二言はない。差しつかえなくば、詳しくはなしてもらえぬか」

俯いたままのおれんを強く促し、又兵衛は部屋に招きいれた。

いったい、十四年前に何があったのか。

昨日、町奉行所へ戻ったあと、当時の経緯が記された裁許帳には目を通してきた。

事が起こったのは水無月二十四日の暮れ六つ頃（午後六時頃）、勝軍地蔵の縁日で賑わう芝の愛宕権現社において、武蔵屋万平なる高利貸しが九十段近くもある急峻な石段のてっぺんから落ちて亡くなった。

当初は本人があやまって足を踏み外したものと考えられたが、当日のうちに目撃した者の訴えがあり、武蔵屋は誰かに背中を押されて石段から落ちたものと判明した。捕まったのが、偶さか参拝に訪れていた焼き接ぎ職人の庄吉で、自訴が一日遅れたために罪一等の軽減にはならず、御法度にしたがって八丈島への遠島とされた。

「裁許帳によれば、庄吉と高利貸しのあいだには、これといった関わりはなかった。ゆえに、あやまって高利貸しを死なせたと、吟味方は判断したのだ。まずは、これに相違ないか」

吟味口調で尋ねたせいか、おれんはおもわず身を縮める。

又兵衛ははっと気づき、軟らかい口調にあらためた。

「すまぬ。十四年前のことゆえ、詳しい経緯はおぼえておるまい」

「いいえ、鮮明におぼえております。平手さま、さきほど、遡って罪には問わぬと仰いましたね。ご信じ申しあげてもよろしいですか」

「信じてよいと言ったら、包み隠さずにすべてをはなしてくれるのか」

「おはなしいたします。ご無礼ながら、平手さまにご誠意をおみせいただき、覚悟を決めました」

覚悟を決めねばならぬほどの内容かとおもえば、こちらも身構えてしまう。

又兵衛がしっかりうなずくと、おれんは詰めた息を吐きだすように喋りはじめた。

「あの日、庄吉は愛宕山に参じておりません。参じたのは八つ年の離れた弟の庄次郎にござりました。ゆえに、あやまって誰かを死なせたとしても、それは庄次郎のやったこと。庄吉は弟の罪をかぶったのでござります」

「まことか、それは」

「はい」

しかも、弟の庄次郎は武蔵屋万平に借金をしていた。関わりがなかったどころか、殺める理由はちゃんとある。

事の経緯は、愛宕権現の祭礼がおこなわれた半月ほどまえに遡るという。当時十八の庄次郎は実入りの少ない居職になるかどうか悩んでおり、兄に叱られてばかりいた。むしゃくしゃしていたのだろう、市中で破落戸に誘われ、鉄火場へ出入りするようになった。お定まりの道筋を描くように負けが込み、返せぬほどの借金を重ね、やがて、兄の庄吉のもとへも借金取りがあらわれた。

「借金取りとは誰あろう、武蔵屋万平でござります。強面の手下をけしかけ、何ひとつ罪のない庄吉に撲る蹴るの乱暴をはたらき、しかも、女房のわたしを借金のカタに取ると脅しつけてきました。とりあえず、有り金を手渡してその場をしのぎ、残りは三日以内に返すと約束させられたのです」

そうしたやりとりをあとで知った庄次郎は、怒りで鬼のような顔になったという。

武蔵屋万平が愛宕権現の石段から落ちて死んだのは、借金を返さねばならぬ三日目の夕刻だった。

もちろん、偶然とはおもえない。

当時の廻り方や吟味方は、何らかの理由で調べを怠ったのであろう。

おれんも真実を知らない。だが、弟が強い意志をもって武蔵屋万平を殺めたとおもっているようだった。

「庄吉も疑っておりました。でも、わざと殺めたとなれば、なおさら、弟の罪をかぶらなければと考えたのです。庄吉は年の離れた庄次郎のことを、幼いころから可愛がっておりました。たったふたりの兄弟だし、双親を早くに亡くしておりましたもので、親代わりのつもりでいたのでしょう。わたしは、そんな庄吉の優しさに惚れた。でも、恩赦になる日を信じて、待ちつづけることができなかった」

ことばが途切れ、おれんは嗚咽(おえつ)を漏らす。

立ちなおるまで、又兵衛は辛抱(しんぼう)強く待った。

万平が死んでも、武蔵屋の屋号は残ったらしい。新たに主人となったのは、万平の右腕と目されていた安松(やすまつ)という破落戸である。じつは、この安松こそが庄次郎を博打に誘いこんだ張本人で、最初から庄次郎は鴨(かも)にされていた。

庄吉が島流しになったあと、妙なことに、庄次郎は安松の乾分になったという。しかも、おれんは借金のカタに取られてしまい、安松と繋(つな)がりのある廻り方の情婦(じょうふ)にさせられた。

「廻り方だと」

今も南町奉行所の臨時廻り(りんじまわ)に就(つ)いている、森口源之丞(もりぐちげんのじょう)という名を聞かされ、又兵衛は唸(うな)らざるを得なかった。

「当時は定町廻り(じょうまちまわ)の同心でした。わたしは十四年前からずっと、森口の縄から逃れられずにおります」

安松は何年かまえに献残屋(けんざんや)の看板を掲げ、表向きはまっとうな商売をやっている。ところが、裏ではあいかわらず阿漕(あこぎ)なことをつづけており、庄次郎は今や安松の右腕になってしまったという。

「十四年前の凶事(きょうじ)で得をしたのは、安松にほかなりません。ひょっとしたら、安松が万平殺しを仕組んだのじゃないかって、わたしは今でも疑っているんです。そうだとしたら、莫迦をみたのは、正直者の庄吉になります。弟を助けるためにやったことなのに、裏切られていただなんて、あんまりです」

おれんは胸のつかえが取れたのか、すっきりした顔になった。

ほんとうは、庄吉に会って告白したい内容なのであろう。

元の女房から事情を聞くのが賢明な判断だったのかどうか、又兵衛は迷いはじめている。

「平手さま、できれば庄吉の接いだお茶碗をみせていただけませぬか」

畳に両手をつかれ、又兵衛は箱膳(はこぜん)から黒い井戸茶碗を取りだした。

「これだ。久方ぶりに使ってみたが、あいかわらず味わい深い」

「見事なお茶碗にございますね。庄吉が自慢していただけのことはございます」

「そうであろう」

「庄吉は、秘かに名を付けていたのですよ」

「ほう、どのような」

「夕立(ゆうだち)にございます」

「夕立か」

よい名だと、又兵衛は素直におもった。

おれんという女には、将来を誓いあった夫への未練がある。

やはり、黒い井戸茶碗の繋いだ縁を断ちきるのは忍びない。

じっくり、調べ直してみるか。

期待を込めた眸子でみつめられ、又兵衛の心はぐらりと動いた。

四

二日後、奉行所へ出仕すると、御用部屋をわざわざ訪ねてくる者があった。

赦帳撰要方人別調掛の与力、脇田伊織である。

「これはこれは、脇田さま」

脇田のほうがかなり年上とはいえ、部屋頭の中村角馬が揉み手で出迎えるところをみると、やはり、何か借りでもあるのだろう。

「中村よ、先日の礼を言わねばとおもうてな」

「先日の、と仰いますと」

「御赦免船の出迎えに決まっておろう」

「ああ、それなら御礼にはおよびませぬ」

中村はこちらを気にしながらも、きっぱり言ってのける。

脇田は、にこやかにうなずいた。

「さようか。して、どうであった」

「えっ、どうであったとは」

「鈍いやつだな。無事に五人は縄を解かれたのか」

「解かれました、はい、おそらく」

「おそらくとはどういうことだ」

「はて」

中村は首をかしげたついでに、こちらをちらりとみる。

みずから出向いた体を取りたいのだろうが、又兵衛は無視を決めこんだ。

脇田は怒りっぽい性分なのか、中村の煮えきらぬ態度をみて気色ばむ。

「ふん、あいかわらずのぼんくらだな。そんなことだから、いつまでも女房の尻に敷かれておるのだ」

「脇田さま、それとこれとは別のはなしにござります」

「根っ子は同じだ。せっかく、今宵も深川の茶屋へ連れていこうとおもうたに、興が殺がれたわ」

「そんな、お願いします。是非ともお連れ願いたく」

「先だっての芸者、ほれ、権兵衛名は何と言うたか」

「染太郎にござる」

「おう、そうそう、染太郎に会いたくば、頼んだことをしっかり全うせよ」

「かしこまってござります」

「で、居職の庄吉なる者の様子はどうであった。縁者の出迎えはあったのか」

脇田に鋭く突っこまれ、中村はこたえに窮した。

又兵衛はいよいよ助け船を求められたので、仏頂面のまま脇田に応じる。

「庄吉は解きはなちになりました。縁者の出迎えはございませぬ」

「ん、平手又兵衛か。もしや、おぬしが出迎えに行ったのか」

「はい」

「おいおい、中村よ、わしを愚弄する気か。みずから出向くようにと、あれほど申したであろう」

「……も、申し訳ござりませぬ」

居丈高な脇田を目の当たりにして、又兵衛は無性に腹が立ってきた。

御赦免船の出迎えは、本来なら脇田が自分でやらねばならぬ役目なのに、いくら中村に貸しがあるとはいえ、人にものを頼む態度ではない。

が、それよりも気になったのは、庄吉の様子を執拗に知りたがるところだ。脇田は恩赦の対象となる者を数多の罪人から選定する重要な役目を負っている。そもそも、庄吉を選んだ理由は何であったのか、又兵衛は尋ねてみたい衝動に駆られた。

「脇田さま、付き添いの同心から庄吉の落ちつきさきを聞いております。どうしても様子を知りたいと仰るなら、暇をみて訪ねてまいりますが、どういたしましょう」

それとなく鎌を掛けると、脇田は渋い顔になる。

「よい、そこまでやる義理はない。中村よ、どっちにしろ、深川のはなしは無しだな」

「えっ、そんな」

「ついでに立ち寄って損したわ、ふん」

脇田は鼻を鳴らし、そそくさと居なくなった。

中村はしゅんとなり、しばらくは立ちなおれそうにない。

聞き耳を立てていた同心たちは、帳面に目を貼りつけている。

鬱々とした雰囲気から逃れるべく、又兵衛は黙って部屋を出た。

奉行所からも離れ、日陰を求めて門前の水茶屋へ駆けこむ。

「あっ、鶍の旦那」

さっそく、目敏い甚太郎がやってきた。

五軒ほど並ぶ水茶屋には、指示待ちの小者たちが屯している。廻り方の同心たちも頻繁に訪れるし、吟味方に呼ばれた大家や罪人が待合に使う場所でもあった。しかし、内勤の与力が顔を出すことはあまりない。

「冷水をくれ、白玉入りでな」

「合点で」

甚太郎は奥に引っこみ、朝顔のかたちをした真鍮の器を持ってくる。

「はいどうぞ、甘露を多めに入れときやした」

甘露が多めだと、四文のお代が九文になる。

又兵衛は律儀に波銭三枚を払い、釣りの三文を甚太郎に手渡した。

「お駄賃を頂戴したからにゃ、申しあげにゃなりやせん。例の臨時廻り、森口源之丞さまの評判にござんす」

「ふむ、聞こうか」

「年は五十五、お仲間内では『ほとけの森口』と呼ばれておりやしてね、微笑仏のようにいつも微笑んでおられる。人情にも厚いってんで、牢入りを免れた連中は十指に余るとか。どっこい、裏の顔ってのがありやした。旦那の仰るとおり、悋気の強い奥さまに内緒で、おなごを何人も囲っておられるようで」

「おなごを何人もか」

「へい、あっしが確かめただけでも四人はおりやした」

いずれも、島流しになった罪人の女房だという。

「おれんというおなごも、木場におりやしたよ。ほかのおなごもそうですが、囲い者と言っても、微笑仏から小遣いを貰っているわけじゃござんせん。春を売らされて稼いだ金を、逆しまに貢がされているって寸法で」

「つまり、森口は春を売らせる目途でおなごらを囲っているのか」

「へい、たぶん。上に知れたら、打ち首もんのはなしでやんす」

おおかた、危ない橋を渡ってでも止められないだけの実入りがあるのだろう。

廻り方の同心は清濁併せのむ器量を必要とし、袖の下を貰わねば役目を全うできない辛さもある。多少の悪事には目を瞑ってもよいが、森口のおこないが事実ならば、見過ごすことはできない。

ただ、奉行所の権威にも関わる案件なので、確乎たる証拠を摑まぬかぎり、安直に同心を裁くことはできぬ。それに、内勤の又兵衛が表立って動けば、仲間内から反撥を招くのは必至だった。

「当面、このことは黙っておけ」

「合点で」

又兵衛は冷水を呑みほし、重い腰をあげた。

夕方まで茹だるような暑さのなかで眠気と闘い、どうにか役目を終えて帰路に就く。

そういえば、静香の父が肩痛と腰痛を訴えていた。揉み療治にでも連れていこうかと軽く相談していたのをおもいだしつつ、屋敷の玄関までたどりつくと、義父の主税が旅仕度を整えて待ちかまえている。

両脇には妻の亀と娘の静香が、三つ指をついていた。

「お帰りなされませ、お役目ご苦労さまにござりました」

「ふむ」

身じろぎもせぬ母娘にうなずき、微笑む主税に又兵衛も笑いかける。

「義父上、何処へ行かれます」

代わりにこたえようとした静香を制止すると、主税がめずらしく声を張った。

「何処とな、京に決まっておろう。わしを誰じゃとおもうておる。一千石取りの小十人頭ぞ。上様御上洛の露払いをせねばなるまいが」

「ははあ」

「おぬしは誰じゃ」

「はっ、平手又兵衛にござる」

「平手か、ふむ、されば槍を携えて従いてまいれ」

主税は憤然と立ちあがり、亀と静香は申し訳なさそうに見上げている。

「気にせんでよい」

と言い残し、又兵衛は主税を屋敷から連れだした。

門から出ると、威勢のよかった主税はおろおろしだす。

又兵衛は優しく手を取り、八丁堀沿いの土手道をたどった。

楓川に架かる弾正橋を渡り、しょぼくれた老爺と化した義父の手を引いて常盤町の露地裏へ踏みこむ。

訪ねたさきは長元坊の療治所、古びた看板には「鍼灸揉み療治」とあった。

敷居をまたぐと、奥から鼾が聞こえてくる。

主税の草鞋を脱がせてやり、勝手に板の間へあがった。

「おい、起きろ」

大声をあげると、長元坊はのっそり起きてくる。

大きな欠伸をしながら、禿頭をぴしゃっと叩いた。

充血したどんぐり眸子をみれば、昼間から深酒をしていたのがすぐにわかる。

「おっ、元一千石取りの義父どのを連れてきたか」

「ああ、ちょいと腰を揉んでやってくれ」

「よし、そこに寝かせろ」

長元坊が寝ていた煎餅蒲団のうえに、ゆっくり導いていく。

主税は素直に横たわり、指図せずとも俯せになった。

「揉み療治に馴れておるようだな」

長元坊はさっそく背中をさすり、痛みの原因を探っていく。

そして、腰の左右を摑むと、かなり強い力で指圧していった。

「うっ、ぬぐっ」

主税は呻いたり、唸ったりし、痛みにどうにか耐えつづける。

ひととおり揉み療治が済むと、長元坊は腕捲りをしはじめた。

「筋が鉄みてえに硬え。五寸針を打ったほうがよさそうだな。どうする、けっこう痛えぞ」

「打ってくれ」

「おめえが諾してどうする」

と言いつつも、長元坊は長太い五寸針を箱から取りだす。

腰の経絡を指で探り、ずぼっと一気に刺し抜いた。

「ひぇっ」

主税は虫のように両手両足をひろげ、真っ赤な顔で振りかえる。

「藪医者め、殺す気か」

干涸らびた喉から絞りだされたことばは、当を得ているとしか言いようがない。はたして、揉み療治に連れてきてよかったのかどうか、又兵衛は判断しかねた。

五

馬の背を分けるような夕立が降っている。

翌日、愛宕権現の本殿へ通じる急な石段の下で、男の屍骸がみつかった。

又兵衛は甚太郎から急報を受け、長元坊ともども検分に向かった。

例繰方ゆえに、正式な検分ではない。十四年前と似通った情況なので、足労してみたくなったのだ。

それともうひとつ、みなに「ほとけ」と呼ばれる同心と会えるような気がしていた。十四年前の凶事もこのたびも、臨時廻りの森口源之丞が深く関わっているのではないかという勘がはたらいた。

「勘が外れりゃいいが、当たったらどうする。おめえのことだ、どうせ、首を突っこむんだろう。例繰方のくせして、何でそこまでやらなくちゃならねえんだ。欠け茶碗を接いでもらった野郎に義理でもあんのか」

長元坊はずぶ濡れの海坊主になりながらも、雨など気に掛けずに問うてくる。又兵衛は菅笠に合羽を着けているので、与力かどうかの判別もつかなかった。

何故、首を突っこむのかと問われても、しかとはこたえられぬ。強いて言えば、正直者が莫迦をみる理不尽な世の中が許せぬのかもしれない。

「ふん、いつもそうだ。損になるはなしばっかり持ちこんでくる。たまにゃ、金になるはなしを持ってこいっつうの」

長元坊の愚痴は雨音に掻き消された。

大鳥居を潜れば、正面に急勾配の石段がみえてくる。

そのむかし、讃岐国丸亀藩の家臣で曲垣平九郎という剛の者があった。第三代将軍家光公に命じられ、騎馬で八十六段の石段をのぼりきり、手折った梅の枝を献上した。右の逸話から「出世の石段」と称される石段の下に、筵が一枚敷かれ、蒼白い顔の屍骸が仰臥している。

雨のせいで野次馬はおらず、菅笠をかぶった黒羽織の人物と小者だけが立っていた。

又兵衛が近づくと、黒羽織の人物が笠の縁をひょいと持ちあげる。

初老の温和そうな風貌は、奉行所内でも何度か見掛けたことがあった。

森口源之丞にまちがいあるまい。

勘が当たったと胸中で快哉を叫び、しかつめらしく問いただす。

「おぬし、臨時廻りの森口源之丞か」

「はい、あっ、もしや、例繰方の……御無礼ながら、御姓名を失念してしまいました」

「平手又兵衛だ」

「さようでした。何故、御内勤の平手さまがこちらへ」

「内勤が来てはならぬのか」

「いいえ、そういうわけでは」

「されば、こちらからも聞こう。何故、おぬしがここにおる」

一瞬の沈黙があり、森口は静かに笑いだす。

「この辺りが縄張り内なものですから」

「ほう、臨時廻りにも縄張りがあるのか」

「ござります。むかしはもっと広うござりましたが、年を取るにつれて狭くなってまいりました。ふっ、狭いぶん深くもなりましてね、この辺りのことなら鼠の巣穴までわかっております」

「それなら、屍骸の素姓も先刻御承知なわけだな」

「こやつは前髪の仙造、粋方にござりますよ」

「粋方」

男伊達を看板にして悪党を束ねる者のことだ。

「数年前から、芝神明町の界隈を縄張りにしておりました」

「地廻りの親分なら、金貸しもやっていたであろうな」

「ええ、ぶっ高い利息をつけて、方々に鴉金を貸しておりましたよ。石段から落ちて死んだのは、天罰のようなものでしょう」

「本人があやまって落ちたと」

「雨で足を滑らせたにちがいない。検屍をしたところ、刃物傷もみあたりませんし、この情況なら誰でもそう考えます」

「十四年前にも、似たような凶事があったな」

「えっ」

鎌を掛けると、森口は不意打ちを食らったような顔をする。

又兵衛はここぞとばかりに、たたみかけた。

「死んだのは武蔵屋万平、こやつと同じ高利貸しだ。もしや、十四年前もおぬしが検屍したのではあるまいな」

「古いはなしゆえ、しかとはおぼえておりません」

さすがに老練な臨時廻りだけあって、顔色も変えずにさらりと言ってのける。

又兵衛は屍骸に両手を合わせて短く経を唱え、黙ってその場を離れていった。

しばらく歩いていると嘘のように雨はあがり、遠くの空に虹がうっすらみえた。

「餌を撒いたな」

と、長元坊が嬉しそうに言う。

「でもな、相手は臨時廻り、一筋縄じゃいかねえぜ」

「ああ、わかっておる」

「小腹が減ったな、蕎麦でも食うか」

「いいや、ちと野暮用をおもいだしてな」

「ほう、めずらしいな。野暮用ってのはまさか、女か」

否とも言わず、又兵衛は長元坊と別れた。

桜川を渡って右手に曲がり、増上寺の御成門へ向かう。

さらに、神明前から大門の大路を横切り、そのまま南に進んで新堀川に架かる将監橋を渡って右手へ折れる。川沿いをしばらく進むと、武家屋敷の狭間に朽ちかけた棟割長屋が集まっていた。

ここは芝新網町代地、無宿人が多く住む淀んだ露地裏の一角に、稲荷明神がぽつんとある。朱の鳥居を潜ると、片方の耳を欠いた狐のそばに、御高祖頭巾の女が立っていた。

おれんである。

家に訪ねてきたときよりも、色気が増してみえるのは気のせいか。

御高祖頭巾を取ったおれんは、不安げな顔を向けてきた。

「わざわざおつきあいくださり、申し訳のないことにござります」

「よいのだ。それより、ずいぶん待たせたな」

「御堂をお借りし、雨宿りをしておりました。お約束の頃合いは土砂降りでしたし、かえっていろいろ考えることもできました」

「覚悟はできておるのか」

「はい、どうにか。でも、あの人の顔をみれば、気が変わるかもしれません」

離れて暮らした十四年のあいだ、最愛の夫を忘れたことは一度もなかった。

会いたい。どんなことをしてでも会って、不甲斐ない自分の生き様を告白し、できることなら許しを請いたい。その一念で、おれんはやってきた。

「焼き接ぎは二度とやらぬと、庄吉は同心にこたえたそうだ。棚直しや虫籠作りや、島でおぼえた手仕事をやりながら、食いつなぐ算段らしい」

「そうですか」

肩を落とすおれんの気持ちはよくわかる。

茶碗の焼き接ぎは、一朝一夕でおぼえられる仕事ではない。経験を豊富に積んだ者だけが、一流の職人として認められる。庄吉を支えていたのは焼き接ぎ職人の矜持にほかならず、おれんはそのことを知っているだけに淋しいのであろう。

それでも、又兵衛は背中を押した。

「まずは、会ってみることだ」

「はい」

おれんならば、愛宕下で死んでいた屍骸のことを知っているかもしれない。そんな気もしたが、又兵衛は黙っていた。

鳥居から出て露地裏を進み、辻をいくつか曲がる。

似たような襤褸長屋が並んでいるので、迷いそうになったが、木戸番の親爺に聞いてすぐにわかった。

十四年ぶりに島から戻った庄吉は、八右衛門長屋の一番奥に住んでいる。

おれんは躊躇いながらも木戸を潜り、又兵衛は後ろから従いていった。

溝板を踏みしめると、撥ねた泥水が足を濡らす。

おれんは褄を取り、奥へと進んでいった。

貧乏人どもが涎を垂らしながらみつめている。

又兵衛は用心棒よろしく、住人たちを睨みつけた。

腰に大小を差しているので、襲ってくる無鉄砲者はいない。

おれんは足を止めた。

肩や背中が小刻みに震えている。

眼前の腰高障子には、紙が一枚貼ってあった。

——欠け茶碗焼き接ぎ

とある。

ごくっと、又兵衛は唾を呑んだ。

饐えた臭いのする貧乏長屋の奥へ追いやられても、庄吉はけっして職人の矜持を失っていない。

焼き接ぎ屋をつづけようとしているのだ。

そのことがわかっただけでも、来た甲斐はあったと言えよう。

おれんは堪えきれなくなり、泣きながら木戸のほうへ駆けていく。

障子さえ開ければ、最愛の夫と再会できるはずであった。

が、会いたい気持ちより、恐さのほうが勝ったのだろう。

また、来ればいい。

焦る必要はないのだ。

又兵衛は胸中につぶやき、後ろ髪を引かれるおもいで踵を返した。

六

長元坊は迷惑そうにしながらも、死んだ粋方のことを調べてきた。

「前髪の仙造は派手な縄張り争いをしていたらしいぜ。争っていた相手が誰だかわかるか。へへ、安松だよ。十四年前に親分の万平が死んだあと、たなぼたで武蔵屋を継いだ野郎さ」

長元坊は、ずるっと蕎麦を啜る。

ふたりは愛宕権現門前の蕎麦屋で、十割蕎麦の笊を三枚ずつ注文した。

「つゆが甘えな。おれは塩でいくぜ」

蕎麦がみるみるまに減っていく様子を眺め、又兵衛はぐい呑みに注いだ冷や酒を嘗める。

長元坊も酒を呷り、三白眼に睨みつけてきた。

「で、殺しの線は出てきたのか」

「いいや、あやまって足を滑らせたということで収まりそうだ」

「けっ、臨時廻りが上手くやったってことか」

「おそらくな」

「仙造が殺められたとすれば、安松にはそうする理由がある。安松と臨時廻りの森口が裏で繋がっているなら、はなしは簡単だ。安松に頼まれて、殺しの証拠を消してやったのさ」

長元坊は得意げに筋読みをつづける。

「もっと言えば、森口と安松の関わりは十四年前まで遡る。安松は借金で首のまわらねえ焼き接ぎ屋の弟を説(と)きふせ、親分の万平を石段のうえから突きおとさせた。ほんとうなら、本人がうっかり足を滑らせたことにしたかったんだろう」

弟が捕まれば、吟味の際に殺した経緯を喋るかもしれない。安松はそれを恐れた。ゆえに、あやまってやったことにした。とどのつまりは、兄貴が弟の罪をかぶるように仕向けたのだ。

「でもよ、そいつが悪党の浅知恵とはおもえねえ。おれの見立てじゃ、知恵を貸したのは森口源之丞さ。万平をまんまと消したあと、安松は殺しの見返りに焼き接ぎ屋の弟を乾分にした。一方、森口は島流しになった兄貴の女房を手に入れた。もちろん、金もたんまり貰ったにちげえねえ。どうだ、あり得ねえ筋書きじゃねえだろう」

たしかに、ありそうなはなしだが、森口の温和な顔をおもいだすと、そこまでの悪党だとはおもえない。

「わからねえのか、ほとけの面(つら)をしているやつこそが本物の悪党なんだよ」

長元坊は声を荒らげ、給仕の嬶(かか)ぁに蕎麦の追加を注文した。

いずれにしろ、仙造殺しを目撃した者でも出てこぬかぎり、この件は探索無用になってしまう。

長元坊は冷や酒を注いできた。

「どうせなら、みた者がいるってはなしにしたらどうだ。そうすりゃ、敵さんも焦って墓穴を掘るかもしれねえ」

「なるほど」

奇策として使えるかもしれない。

「何なら、今から武蔵屋へ踏みこんでやるか。焼き継ぎ職人の弟、名はたしか庄次郎とかいうそうだが、眉間に刀傷までこさえて、今じゃ破落戸どもを束ねているってはなしだ。ふん、兄貴を島流しにしときながら、出迎えにも来やがらねえ。不人情な弟の面を拝みにいくのも一興だぜ」

蕎麦屋を出て、桜川沿いに炎天下の道を歩けば、増上寺北端の方丈につきあたる。御成門のまえを通りすぎ、大横町のさきを右に曲がれば、右手前方に芝神明宮の拝殿がみえてきた。

鳥居のまえで一礼し、さらに進んで大門前の参道にいたる。

桜川に架かる橋の手前には下馬札が立っており、大門の向こうに広がる黒松林のまんなかには豪壮な三解脱門が聳えていた。

さすがにこの暑さでは、参拝する気にもならない。

参道を横切って町屋の一角へ足を踏みいれると、紺地に『武蔵屋　献残御用』と白抜きされた太鼓暖簾がみえてきた。

「そういえば、武蔵屋は献残屋の看板を掲げたんだったな」

表向きの顔は献残屋、諸大名家が取りかわす贈答品の残りを使いまわして売り払うのを生業にしているという。もちろん、裏の顔もあり、大名屋敷の中間部屋で催される鉄火場の差配を任され、博打にのめり込む者を相手に高利貸しまでやっていた。

「言うまでもねえが、安松はこの界隈じゃ、ちょっとした顔だ。顔の右半分に柄杓星みてえな黒子があってな、七つ黒子の綽名で呼ばれているらしいぜ」

「ふうん」

長元坊がさきに立ち、のっそり敷居をまたいだ。

板の間に屯する若い連中が、一斉に振りかえる。

「七つ黒子の親分さんはいるかい」

「何だ、てめえは」

若い衆のひとりが、喧嘩腰で詰めよってきた。

長元坊は巨体をかたむけ、胴間声を響かせる。

「雑魚に用はねえ。いいから、早いとこ親玉を出せ」

「あんだと、この海坊主」

騒ぎになりそうなところへ、又兵衛が踏みこんだ。

「御用の筋だ、言うとおりにしろ」

朱房の十手をちらつかせると、若い衆はそそくさと奥へ引っこんだ。

殺気を帯びた連中をみまわしても、眉間に刀傷のある庄次郎はいない。

十四年前は十八だった若造も、今では三十二になっている。兄が八丈島暮らしを強いられているあいだに世渡りの術をおぼえ、悪党仲間のなかで名が売れるほどの男になったのだろう。

歳月は人を変えるが、人の心はそう容易く変わるものでもない。

もし、庄次郎に会うことができれば、本音では兄のことをどうおもっているのか、十四年前にしでかしたことの落とし前をつける気があるのかどうか、そのあたりをじっくり聞いてみたかった。

やがて、恰幅のよい五十男が奥からあらわれた。

顔の右半分に、柄杓星のかたちをした黒子がある。

「七つ黒子か」

又兵衛はつぶやき、上(あ)がり端(ばな)に尻をおろした。

「手前が安松にござります。どのようなご用件でござりましょう」

「仙造殺しに決まっておろう」

「えっ、前髪の仙造は殺されたんですか。あのおっちょこちょい、足を滑らせて石段から落ちたと伺いましたけど」

「誰に聞いた。臨時廻りの森口源之丞か」

「へへ、誰だったか、旦那の名まではおぼえちゃおりません」

ふうっと、又兵衛は溜息を吐く。

「蝸牛角上(かぎゅうかくじょう)の争いというやつか」

「何ですか、それは」

「蝸牛(かたつむり)の角の上のような狭い縄張りを争う。おぬしには仙造を殺める理由があったということさ」

「ずいぶんな仰りようですね。旦那はいったい、どなたなんです」

「例繰方与力、平手又兵衛だ」

胸を張っても、七つ黒子は動じない。

「平手さま。例繰方とはまた、耳慣れないお役目でございますね」

「森口に聞けばわかろうさ。ところで、庄次郎はどうした」

　又兵衛は人差し指で眉間をすっと撫でる。

　安松は眸子を光らせた。

「ここにはおりやせんよ」

「鉄火場か」

「ふふ、まさか」

「とぼけるなよ。何処の中間部屋に行けば、庄次郎に会える」

「庄次郎にご用なら、手前から伝えておきますけど」

「ならば、伝えておけ。実兄の庄吉が御赦免船で十四年ぶりに帰ってきた。会いたいなら、わしのもとを訪ねてこいとな」

「へへえ、かしこまりました」

　安松はお辞儀をしながら横を向き、乾分に顎をしゃくる。

　乾分はすぐさま帳場へ走り、金子を十両ほど携えてきた。

　安松はみずから金を袱紗に包み、床に滑らせて差しだす。

　又兵衛はさりげなく十手を握り、鉄の先端を袱紗に叩きつけた。

――ばきっ。

床に穴が開き、小判が四方に飛び散る。

いきなり立ちあがった又兵衛は、唸るように脅しあげた。

「悪党め、与力の良心を金で買えるとおもうなよ」

安松は額を床に擦りつけ、肩をぶるぶる震わせている。

恐れなのか、それとも、怒りなのか、判別はつき難い。

いずれにしろ、ここまでやっておけば、何らかの行動を起こすであろう。

険悪な空気の漂う見世をあとにすると、さっそく長元坊が興奮の醒めやらぬ顔で喋りかけてきた。

「又よ、驚いたぜ。おめえがあそこまでやるとはな」

われながら驚いている。安松の悪党面をみた途端に、怒りを抑えきれなくなった。

「詮方あるまい」

ひとつだけ懸念があるとすれば、庄吉が望んでいるのかどうかということだ。

十四年前の凶事を繙けば、弟の罪状が暴きだされるやもしれず、せっかく身代わりになったことが水泡に帰す公算も大きい。

そっとしておいてほしいと言われても、真実を追求すべきかどうか。

そのあたりは、さすがに決断しかねるところだ。

庄吉に会って、本音を聞いてみるしかなかろう。

又兵衛は長元坊と別れ、新堀川に架かる将監橋のほうへ向かった。

七

将監橋を渡ると、何処からか香ばしい匂いが漂ってきた。

「鰻か」

夏の土用は立秋前の十八日間、丑の日には「う」のつくものを食べれば精がつくという。今日がまさに土用の丑の日であることをおもいだし、又兵衛は匂いのするほうへ近づいていった。

辺りをみまわしても、武家屋敷しかない。

鰻と言えば、神田明神そばの『神田川』や鉄炮洲の『大黒屋』を馴染みにしており、芝の武家地に鰻屋などあろうはずはないとおもっていた。

不案内な道を進んでいくと、辻番の親爺が七輪に網を置き、渋団扇をぱたぱたやっている。

又兵衛は我慢できずに身を寄せ、煙のなかへ鼻を突っこんだ。

背開きにした鰻が、こんがり上手に焼けている。

「お武家さま、こいつは手前の昼飯にございます」

「殺生なことを申すな」

「鰻は串打ち三年、裂き八年、焼き一生と申します。辻番なんぞの焼いた鰻は、とても食えたものではございませんぞ」

「いいや、そうでもなさそうだ。ひと切れでよいから、分けてはもらえぬか」

「それほどまでに仰るなら、ようござんしょう。ござんしょうついでに、山椒の実も付けてさしあげます」

「ありがたい」

しばらく待って鰻を奉書紙に包んでもらい、細紐で十字に結んで手に提げる。

親爺に礼を言ってその場を離れ、武家地のさきから新網町代地の露地裏へ歩を進めていった。

「ふふ、よい手土産ができたな」

鰻の匂いを振りまきながら、八右衛門長屋の木戸を潜った。

溝板を踏みしめ、一番奥の部屋へ向かう。

腰高障子に近づき、外から声を掛けた。

「庄吉はおるか、開けるぞ」

戸を開けて踏みこめば、庄吉が顔を持ちあげる。

どうやら、欠け茶碗の焼き継ぎに没頭していたらしい。

「あっ、いつぞやの」

「平手又兵衛だ。ふふ、やはり、手馴れた仕事がしっくりくるようだな。ほれ、土用の鰻だ。焼きたてのほやほやだぞ」

庄吉は目を輝かす。

「もしや、辻番の鰻でしょうか」

「いかにも。美味そうだから貰ってきた」

「じつはあっしも、食べたかったのでございます」

「ちょうどよい。酒はあるか」

「いいえ。でも、麦湯ならば」

「ふむ、麦湯でよい。それと、冷や飯を碗によそってくれぬか」

「かしこまりました」

上手に焼き継ぎされたふたつの碗に、冷や飯がよそわれた。

飯のうえに辻番から貰った鰻を載せ、山椒の実をちりばめる。

さっそく箸で飯と鰻を掬い、口のなかに抛りこむ。

「あむ、ん」

山椒の実でぴりっと痺れた舌のうえに、甘い汁の染みた鰻が溶けた。

冷や飯との相性も抜群で、仕舞いには碗の縁からかっこみたくなる。

庄吉をみれば、挑むような構えで飯と鰻をかっこんでいた。

途中で喉につっかえそうになり、温い麦湯を流しこむ。

「ぷはあ、もったいねえ。旦那、こんなに美味えもんは久方ぶりです」

「まさか、十四年ぶりとか申すなよ」

島から帰ってからも、ろくなものを食べてこなかったのだろう。

今なら遠慮無しに、何でも喋ることができそうな気がしてきた。

「おぬし、まことはおぼえておったのだろう、黒い井戸茶碗のことを」

「忘れるわけがありません」

「『夕立』という名を付けてくれたらしいな」

「えっ、誰がそんな」

「決まっておろう、おぬしの古女房さ」

庄吉は絶句し、眸子を裂けんばかりに見開く。

「……お、おれんと会われたのですか」

「おぬしを出迎えた翌日、わしの屋敷へ訪ねてきたのさ。柾木稲荷の桟橋へ足を向けてはみたものの、どうしても一歩を踏みだすことができなかったと、おれんは泣いておったぞ」

「えっ、まことですか」

「嘘を吐いてどうする。おぬしが島流しになったあと、おれんには過酷な運命が待っていた。詳しくは言わぬ。されどな、十四年経っても、おぬしから気持ちが離れることはなかった。それだけは、わかってやれ」

庄吉は俯き、必死に涙を堪えている。

少し間をあけ、又兵衛はつづけた。

「それと、弟のことだがな」

「わかっております。風の噂に聞きました。今は武蔵屋さんでお世話になり、若い衆を束ねているとか」

「庄次郎はな、悪党の手先になったのさ。どうしてそうなったのか、おぬしも見当くらいはついているにちがいない。ふっ、案ずるな。わしは町奉行所の与力だ弟が、十四年もむかしのことをほじくり返す気はない。おぬしは充分に償った、弟のぶんまでな」

「旦那……」

「わしはな、真実が知りたいのだ。すべては、夕立の繋いでくれた縁とでもおもってくれたらいい。どうだ、女房や弟に会ってみる気はないか」

庄吉は頭を振る。

「できません、一度死んだ身にござります。こんなことをお頼みできる身分じゃござんせんが、まんがいち、ふたりに会っていただける機会がおありなら、庄吉は死んだとお伝え願えませぬか」

唇を真一文字に結んだその顔は、十四年の島暮らしで頑固さに磨きのかかった職人の顔であった。

難攻不落の砦だなと胸中につぶやき、又兵衛は庄吉に別れを告げたのである。

木戸を逃れて武家屋敷の集まる界隈へ戻ったが、さきほどの辻番は外におらず、鰻の残り香も消えていた。

又兵衛は戸の閉めきられた辻番所に一礼し、とぼとぼ将監橋に向かっていく。

橋の手前で立ち止まり、左手の夕焼け空に目をやった。

――かあ、かあ。

巣に帰る鴉が鳴いている。

生温い風が吹き、橋向こうから渡り中間風の男がやってきた。

身に殺気を纏っている。

さっそく、安松が刺客を差しむけたのだろうか。

茹だるような暑さのせいか、頭の回転が鈍くなっていた。

腰にあるのは、父から受け継いだ「兼定」ではなく、刃引き(はび)のされた鈍刀(なまくら)にすぎない。

「ままよ」

又兵衛は橋に歩みだし、向かってくる相手とは反対の右端へ寄った。

すると、中間風の男も素早く、立ち位置をこちらに変えてくる。

警戒して中央寄りに進むと、すぐさま、左に位置を変えてきた。

忙(せわ)しなく左右に位置取りを変えながら、斜めの動きで間合いを詰めてくる。

似たような動きをしてみせる剣客と、板の間で一度だけ手合わせしたことがあった。

「タイ捨流(しゃりゅう)か」

西国の肥後辺りで盛んな流派だ。手練の繰りだす初太刀の威力は、一撃必殺の薩摩示現流にも匹敵するほどのものだという。

いずれにしても、破落戸の喧嘩剣法ではない。

相手は五間まで迫り、素早く抜刀してみせた。

「はやっ」

奇声をあげ、左斜め前方から斬りつけてくる。

躱し難い死角をつかれても、又兵衛は動じない。

「ふん」

気合いとともに、刃引刀を抜きはなつ。

抜き際の一刀で相手の初太刀を弾くや、刃引刀が棟区のあたりから、ぐにゃりと曲がった。

「もらった」

相手は叫び、二の太刀を眉間に浴びせてくる。

又兵衛は後ろに退かず、ずんと前へ踏みだした。

「ぬわっ」

仰け反ったのは、相手のほうだ。

又兵衛は二の太刀をかいくぐり、顔面に頭突きを見舞う。

——がつっ。

これが見事に決まり、相手は鼻の骨を折った。

夥しい鼻血を散らし、尻尾を巻いて逃げていく。

擦れちがいざまであったが、どうにか命拾いできた。

内勤の与力と軽く考え、嘗めてかかったせいだろう。

「覚悟しておくがよい」

又兵衛は月代を赤く染め、曲がった鈍刀を拾いあげる。

七つ黒子の安松を、このまま放っておく気はなかった。

八

長元坊の調べで、安松とその乾分どもは愛宕下藪小路の大名屋敷を隠れ蓑にして、夜な夜な鉄火場を開いていることがわかった。

藪小路に軒を並べる大名屋敷のなかには、肥後国人吉藩二万二千石の屋敷もある。急流の球磨川沿いに広がる人吉藩を治めるのは、第十三代目藩主の相良近江守頼之、相良家の殿様は幕初から武道を盛んに奨励してきたが、同藩の御留流こそがタイ捨流にほかならなかった。

「調べてきたぜ。藪相良の中間部屋を仕切る連中のなかに、鼻の骨を折ったやつがいるそうだ」

長元坊が教えてくれたのは、将監橋で襲われた二日後のことだ。

「名は矢代小平太、中間頭よ」

出生は不詳、一向宗の托鉢僧だったという噂もあるらしい。

「毛坊主か」

「矢代を引き立てた重臣がいる。丸根典膳とかいう船奉行でな、長崎買物の差配役だとか」

「ふうん」

長崎買物とは、西国の諸藩が藩財政を支えるために、なかば公然とおこなっている商品売買のことだ。長崎で清国や和蘭陀国の商人から直に贅沢品を仕入れ、京大坂などで売りさばく。扱う品は、色緞子、黒繻珍、白綸子、猩々緋、毛氈、天鵞絨など多岐にわたるが、本来は幕府が取り締まるべき密貿易であった。

「又よ、公儀はみてみぬふりを決めこんでいるのか」

「まあな。本気で取り締まれば、西国から大名家がひとつ残らず消えてなくなる。そうなれば、困るのは公儀のほうだ」

西国諸大名の例に漏れず、人吉藩の台所も火の車、長崎買物も起死回生の策とはならない。金を掻き集めねばならぬ必要に迫られ、公儀の目が届かぬ拝領屋敷の中間部屋で鉄火場を開帳し、藩ぐるみで所場代を稼ぐようなこともおこなわれているのだ。

「そいつはよ、侍えが金のために魂を売るようなもんだろう」

「世の中には、平気で魂を売る侍もおるのさ」

さしずめ、丸根典膳などもそうした輩であろう。

「なるほど、筋が読めてきたぜ」

長元坊は得意げに胸を張る。

「安松は献残屋だろう。商売柄、江戸じゅうの大名屋敷に出入りできる。客の道筋を生かして、ご禁制の贅沢品を売りさばくこともできねえ相談じゃねえ」

「つまり、人吉藩が長崎買物で仕入れた品々を、安松は秘かに売りさばいていると言うのか」

「そのおかげで、あそこまで肥ったんだろうさ。しかも、丸根が藩の金で仕入れたご禁制の品を安松に横流ししているとすれば、元手無しでがっぽり儲けることがでできる。どっちにしろ、でけえ悪事に手を染めているってことだ」

一介の例繰方与力には手に余るはなしだ。下手に首を突っこめば、火傷をするにちがいない。

「おれたちは知らねえ間に、煮立った釜へ片足を突っこんじまったのかもな。又よ、どうする。それでも、安松を潰す気か」

今さら、投げだすわけにもいかなかった。まずは、十四年前の真相をあきらかにし、安松の悪事を証明しなければならない。丸根典膳なる者が後ろ盾ならば、そちらにも裁きをくわえねばならぬ。

「相手もやる気だろうな」

矢代小平太を傷つけたことで、敵は新たな動きに転じる公算が大きくなった。こちらが途中で止めたくとも、相手のほうが許してはくれまい。

「困ったもんだぜ。おめえにつきあうと、ろくなことにならねえな」

ぶつくさ文句を言いつつも、助けてくれるのが幼馴染みというものだ。闇雲に突っこんでいく危うさはあるが、頼りになるのは長元坊しかいない。

療治所の手前で別れ、又兵衛は暮れなずむ弾正橋を渡った。

川風に吹かれても、両脇には汗が滲んでくる。

橋詰めのほうから、痩せた町人が近づいてきた。

年の頃なら三十と少し、眉間に刀傷のある男だ。

「庄次郎か」

ひと目でわかった。

たったひとりであらわれたのは、理由があってのことだろう。

ゆったりと歩を進め、軽くお辞儀をしてみせる。

「平手又兵衛さまでござんすね」

「おぬしは、庄次郎か」

「へい、ちょいと伺いたいことがありやして」

「こっちもだ。おぬしに会っておきたかった」

庄次郎は眉間の傷をひくつかせる。

「御奉行所の与力ともあろうお方が、あっしのような屑(くず)に何のご用です」

「七日前の午過(ひるす)ぎ、どうして柾木稲荷の桟橋へ来なかったのだ」

「えっ」

「十四年ぶりに、実兄の庄吉が八丈島から帰ってくる。赦帳撰要方から連絡(つなぎ)を受けなかったのか」

少し間があり、庄次郎は真顔でこたえた。

「受けやしたよ」

「なら、どうして迎えに来なかった」

「旦那にゃ関わりのねえはなしだ。それより、外廻りでもねえ与力の旦那が、どうして破落戸同士の内輪揉め（うちわもめ）に首を突っこもうとなさるんです」

「聞きたいのは、そのことか」

「ええ」

「ならば、教えてやろう。二十年もむかしのはなしになるが、おぬしの兄はわしの父がだいじにしていた井戸茶碗を見事に焼き接ぎ、甦（よみがえ）らせてくれた。わしにとっては恩人なのだ。恩人の不幸を見過ごすことはできぬ」

真剣に言ってのけると、庄次郎は片眉を吊りあげた。

「旦那、そんなはなしを信じろと仰るので」

「信じぬのか。なら、おぬしはどうおもっておるのだ」

「侍が職人風情（ふぜい）に恩義を抱くはずはねえ。目途は金でしょう。いったい、いくら欲しいんです」

ふっと、又兵衛は笑う。

「ずいぶん、見くびられたものだな。たしかに、わしもおぬしらが毛嫌いする不浄役人のひとりだが、ほかの連中とはちとちがう」

「聞いておりやすよ。旦那は風変わりな一匹狼、奉行所のなかでは『はぐれ』と呼ばれているんでしょう。でも、所詮は不浄役人、金で転ばぬはずはねえ。遠慮なんざいりやせん。さあ、いくら欲しいか仰ってくださいい」

「おぬしの力量で、いくら工面できるのだ」

「五百両程度なら、ご用意いたしやすぜ」

嘲るように言ってのける庄次郎をみつめ、又兵衛は大きな溜息を吐く。

「ほう、たいしたものだな。兄貴に殺しの罪をかぶってもらった洟垂れが、今じゃ悪党の先棒を担いで大金を稼ぐまでになった。鉄火場のあがりか、長崎買物のおこぼれか、やり口はよく知らぬが、おもった以上に儲けておるようだな」

「何だって」

庄次郎は気色ばみ、懐中に右手を入れる。

匕首でも呑んでいるのだろうが、又兵衛は怯まない。

「不浄役人には金轡、そいつはおぬしらの常識だろうが、常識の通用せぬ相手もおることを知っておいたほうがよい。わしは安松の悪事を暴く。阻もうとする者がおれば、相手が誰でも容赦はせぬ」

迫力に気圧され、庄次郎は身を強張らせた。

又兵衛は首をこきっと鳴らし、肩の力を抜いてやる。

「こんな気持ちにさせられたのは、柾木稲荷の桟橋でおぬしの兄をみたからだ。十四年ぶりで江戸の土を踏んだにもかかわらず、出迎える者とていない。庄吉の悲しみと虚しさを、わがことのように感じた。庄吉は可愛い弟のために罪をかぶった。一生を棒に振ってでも、弟を助けたいとおもったのだ。そんな兄は滅多におらぬぞ。わしはな、おぬしを責めようとか、脅そうとか、そんなことは微塵もおもっておらぬ。ただ、兄に会って、謝ってほしいのだ」

「ふん、謝って済むはなしじゃねえ」

庄次郎は感情を昂ぶらせた。

又兵衛は一歩踏みだし、首を横に振る。

「いいや、おぬしに後悔の念が欠片でも残っておるなら、かならず気持ちは通じる。騙されたとおもって、心の底から謝ってみろ」

「無理に決まってんだろうが。欠けた茶碗は元通りにゃならねえ。おれはもう、十四年前に死んじまったのさ」

「ふっ」

「何で笑いやがる」

「やはり、兄弟だな。庄吉も同じことを言うておったぞ。もう、自分は死んだ人間だとな」

「……あ、兄貴がそんなことを」

「おぬしの邪魔はしたくないそうだ。ほんとうは会いたいのに、自分の気持ちを押し殺しておる。おぬしも同じはずだ。ふたりが同じ気持ちなら、一からやり直すことはできる。十四年という歳月は、おぬしにとっても重かろう。されど、これからさきの人生は長いぞ。今のまま悪党の手先で終わるか、改心して出直すか、どちらを選ぶかはおぬし次第だ」

少しばかり言いすぎたのかもしれなかった。

だが、又兵衛は正面から本音をぶつけたにすぎない。

「くそったれ」

庄次郎は悪態を吐き、背を向けて走り去った。

土手道に火を灯すように、夕萱が点々と咲いている。

来し方の罪をなかったことにはできぬが、これからさきを見据えて、兄弟でともにやり直してほしいと、又兵衛は願わずにいられなかった。

九

又兵衛の鬱陶しいほど几帳面な性分は、今にはじまったものではない。

着物をたたむにしても左右の角がきっちり揃っていなければ気が済まぬし、三和土で履く雪駄の位置も定まっている。文机のうえに置く物の配置にも決め事があり、筆にしろ紙にしろ硯にしろ、使う物が決まっているのはもちろん、使い方にも本人なりの段取りがあった。

当然のごとく、四角い部屋を箒で丸く掃くような行為は我慢ならない。だからといって、きれい好きというのとも少し異なり、あるべき場所にあるべきものがないと落ちつかなくなる。生まれつきの癖ゆえ、こればかりは如何ともし難い。

静香も屋敷にやってきてしばらくは気づかなかったが、数日経つと配膳の仕方や雪駄の揃え方などに気を配るようになり、又兵衛にしてみれば充分とは言えぬまでも、我慢できる程度にはなりつつある。

「いたらぬところがあったら、遠慮無く叱ってくださりませ。どうしても許せぬとお考えなら、いつでも追いだしてくださってかまいませぬ」

殊勝な態度でそんなふうに言われると、おもわず、抱きしめてやりたくなる。もちろん、両親の手前、自重しなければならない。ほとばしる恋情を必死に抑え、ふてくされたような顔で「さようなこと、つゆほどもおもっておらぬ」と言いはなち、静香を安堵させてやるのが、このところの日課になっていた。

今は自身のことよりも、安松たちの悪事をどうやって断罪するのかに知恵を絞らねばなるまい。安松を罰しようとすれば、手下の庄次郎も同罪にせねばならず、臨時廻りの森口源之丞や丸根典膳という人吉藩の重臣についても、罪状をあきらかにして裁く必要が生じてこよう。

物事を曖昧なままにしておくのは、又兵衛の性分が許さない。

奉行所に出仕しても、難しい顔であれこれ考えながら役目に勤しんでいるので、いっこうに捗らなかった。

同心たちは腫れ物に触るように扱い、部屋頭の中村でさえも声を掛けてこない。それはそれでありがたいものの、奉行所内では「はぐれ」のほかにも「人嫌いの鉄面皮」などといった綽名が付けられ、今や、廊下で擦れちがっても喋りかけてくる者などひとりもいなくなった。

それゆえ、赦帳撰要方人別調掛の脇田伊織に声を掛けられたときは、驚いて肩をびくっとさせてしまった。

しかも、中村にみせたような居丈高な態度は鳴りを潜めている。

「平手よ、ここだけのはなしだが、ちと聞いてくれるか」

「はあ、何でしょう」

「わしはな、とんでもないことをしでかした。誰あろう、おぬしが出迎えにいってくれた庄吉のことだ。じつはな……いや、やはり、止めておこう」

脇田はいったん去りかけ、くるっと振りむいてまた戻ってくる。

しかも、息が掛かるほどまで近づき、ふうっと溜息を吐いた。

「脇田さま、どうなされたのです。それがしでよければ、おはなしくだされ」

「そう言ってくれるか。されど、杓子定規で融通の利かぬおぬしにはなせば、わしは即刻腹を切らねばならぬやもしれぬ。今からするはなし、聞かなかったことにできると約束してくれぬか」

庄吉に関わるはなしとなれば、うなずく以外にない。

「よし、ならばはなそう。わしはな、とある者から金を貰って、庄吉を御赦免船に乗せる五人にくわえたのだ」

「えっ、まことでございますか」

「ああ、そうだ。三十両と引き換えに、わしは役人の魂を売った。のう、切腹ものものはなしであろう」

たしかに、脇田の言うとおりだが、脇田がどうなろうと知ったことではない。

「いったい、誰に頼まれたのです」

「庄次郎という実弟だ。このことは誰にも告げず、墓場まで持っていってほしいと頼まれたが、どうにも黙っていられなくなった。これ以上、我慢できぬ。良心の呵責というやつだ。誰かに聞いてほしかった。さりとて、中村は口が軽すぎるし、家の者に告げても痼りが残るだけ。告白する相手を探しておったら、はぐれのおぬしが難しい顔で廊下を渡ってきた。まさに、渡りに船とはこのこと、おもいきって声を掛けてみたというわけさ」

「それで、すっきりなされましたか」

「ああ、腸から糞を出し尽くした気分だ。礼を言うぞ、はぐれ又兵衛」

脇田は朗らかに笑い、弾むような足取りで去っていく。

又兵衛は庄次郎の気持ちを知り、居ても立ってもいられなくなった。

と同時に、虫の知らせが胸中に去来する。

案の定、耳をふさぎたくなるような凶報が届けられたのは、家に帰ってすぐのことだった。

「庄次郎が、庄次郎が……」

血相を変えて駆けこんできたのは、庄吉の女房のおれんにほかならない。

庄次郎は何者かに殺められた。屍骸は愛宕権現に捨てられていると言うので、静香に手短に言伝を託し、押っ取り刀で権現社へ向かってみると、暮れなずむ石段の下に野次馬たちが集まっていた。

「退いてくれ」

又兵衛は人垣を掻き分け、前面に押しでていく。

敷かれた筵のうえに、庄次郎が仰向けになっていた。

凄惨な遺体である。ひと目で殺しとわかった。

脳天が、ぱっくり割けているのだ。

何か硬い物を打ちおろされたにちがいなかった。

見知らぬ顔の廻り方同心が、胡乱な目を向けてくる。

「あの、どちらさまでしょうか」

「例繰方与力の平手又兵衛だ」

「例繰方の平手さま……で、何か」

「この殺し、おぬしが調べておるのか」

「ええ、まあ」

「殺(や)られたほとけ、顔見知りの者でな。わしに預けてくれぬか」

「いやあ、そういうわけには」

「どうして」

「内勤の旦那にお任せするわけにはまいりませぬ」

「外廻りならよいのか」

「ええ、まあ」

時を稼ぐ目途で緩慢(かんまん)なやりとりを交(か)わしていると、固太りの小銀杏髷(こいちょうまげ)が息を弾ませながら走ってきた。

「平手さま、遅くなってすみません」

腰を折って謝るのは、定町廻りの「でえご」こと桑山大悟(くわやまだいご)である。

成りゆきで手柄を譲ってやったことがあり、又兵衛には頭があがらない。

ぼんくら同心だが、悪事に関わるほどの度胸はないし、捕り方の矜持らしきものも少しは携えているので、困ったときは使うことにしていた。

急いで足労するようにと、静香に言伝しておいたのだ。

さきほどの同心は桑山をみて、ちっと舌打ちしながら去っていった。

「悲惨なほとけでござりますね」

桑山は屈みこみ、脳天の疵を検分する。

「何か硬えもんで撲られたな。しかも、後ろからだ。ひょっとしたら、石段のてっぺんでやられたのかも」

桑山はひとりごち、九十段近くの石段を駆けあがっていった。

しばらくして、息を切らしながら死にそうな顔で戻ってくる。

「おもったとおり、血痕が散っておりました。てっぺんでがつんと叩かれ、急勾配の石段を転がってきたんだな。ほら、首や手足の骨も折れているみたいですよ」

「下手人の見当は」

「えっ」

「頭の疵から、使った得物を割りだせぬか」

「無理に決まっております」

匙を投げる桑山の腰には、十手が鈍い光を放っている。

ひょっとしたら、十手かもしれぬと、又兵衛は疑った。

そこへ、長元坊がやってくる。

かたわらには、おれんをともなっていた。

「又よ、殺った野郎の見当がついたぜ。囲い者にされたおれんが聞いていたのさ。そいつが酔った勢いで喋ったはなしをな」

「何を喋った」

又兵衛は長元坊ではなく、おれんのほうに顔を向けた。

「庄次郎は、安松から命じられたそうです。兄の庄吉を殺め、十四年前の落とし前をつけろと。それを拒んだのが運の尽きと、あいつは嘲るように笑っていました」

「あいつ……殺らせたのは安松で、手を下したのは腐れ縁の臨時廻りということか」

「わたし、昨晩、庄次郎のところへ会いにいったのです。今からでも遅くない、改心して庄吉に会ってほしいと、床に手をついて頼みました」

「庄次郎はどうこたえた」

「笑って取りあおうともしませんでした。それより、自分の身を守れと。臨時廻りはこっちでどうにかするから、兄貴のもとへ帰ってやってくれと、逆しまに諭されました」

長元坊が口を挟む。

「危ねえな。弟と会っていたことを嗅ぎつけられたら、おめえさんも命を狙われるぜ」

当面、おれんは長元坊に預けておくしかなかろう。

それにしても、とんでもないことになった。

寝た子を起こしたのは自分のせいかもしれないと、又兵衛は臍を噬む。

庄吉が弟の死を知ったら、どうなってしまうのか想像もつかなかった。

策を考えあぐねていると、桑山が後ろで素っ頓狂な声をあげた。

「何だこりゃ」

遺体の襟元に縫い跡があり、解いてみると丸めた紙が隠されていた。

庄次郎がまんがいちのことを考え、遺書代わりに仕込んでおいたのかもしれない。

桑山から紙を手渡され、石灯籠のもとで開いて読むと、安松たちの悪事が順序立てて連綿と綴られてあった。

白洲で裁くための証拠としては弱いが、少なくとも悪事の全貌を描くことはできる。

「死人に口なしとはいかぬ、というわけですね」

桑山は身を寄せ、にっと歯を剝いて笑う。

紙をみつけた手柄を褒めてもよかったが、調子に乗るので止めておいた。

ともあれ、悪党どもをどうにかしなければならない。

又兵衛は、ぎゅっと拳を握りしめた。

十

庄次郎の「遺書」は、誰に向けて書かれたものなのか。

七つ黒子の安松が企てた悪事は、十四年前の武蔵屋万平殺しにまで遡る。又兵衛や長元坊の描いた筋書きどおり、それは過失にみせかけた殺しにほかならず、当時十八歳だった庄次郎が安松に脅されてやったことだった。兄の庄吉は真相を知らず、安松から弟のあやまちを報され、さらに説得もされたあげく、罪をかぶって島流しになったのである。

万平を殺めて武蔵屋を乗っ取った安松は、献残屋の鑑札を入手し、自在に多くの大名屋敷へ出入りできる道筋を築いた。そうしたなか、愛宕下藪小路の相良屋敷で夜な夜な開帳される鉄火場の仕切りを任され、同家船奉行の丸根典膳とも懇意になり、長崎買物で横流しされた贅沢品を売りさばく役目を負うようになった。

しかも、臨時廻りの森口源之丞を仲間に引きこみ、狡猾にも捕り方の目を向けさせぬようにしたのである。三者の腐れ縁は十年近くにおよび、贅沢品売買によって得た利益は膨大なものとなった。

危ういときは、方々に金をばらまいて口封じをしてきたが、ときには手荒なまねもしなければならなかった。ここ数年、縄張り争いをしてきた前髪の仙造を殺めたのも庄次郎にほかならず、十四年前と同様、安松に命じられてやったことであった。

いずれ、自分には天罰が下るにちがいない。死ぬ前にひと目でよいから兄の顔がみたい。それがたったひとつの願いだが、かなうはずのない願いだということはよくわかっている。

「……すまねえ、兄貴、おれみてえな屑のために一生を棒に振ってくれた。おれにはもったいねえ兄貴だった。死んで詫びるしかねえ。ありがとうな、兄貴。どうか、幸せになってくれ」

丸めた紙の末尾には、そう記されてあった。

おそらく、庄次郎は「遺書」が日の目を見るとはおもっていなかったにちがいない。死を覚悟したとき、みずからの気持ちを整理したくなり、十四年も心の奥底に溜(た)めていた思いの丈(たけ)を吐きだしたのだ。

翌日、庄次郎の「遺書」は、何も語らぬ遺体とともに、兄の庄吉が暮らす裏長屋へ届けられた。

庄吉は手を震わせながら文(ふみ)を読み、読み終えるやいなや、声をあげて泣きだした。人目も憚らずに「庄次郎、庄次郎……」と弟の名を呼びつづけ、取りつく島(しま)もないほどに乱れ、自分を見失ってしまった。

そして、出刃包丁(でばぼうちょう)を持ちだすと、外へ飛びだしかけた。

弟の仇(かたき)を討つべく、安松のもとへ向かおうとしたのだ。

又兵衛は許さなかった。

「弟を荼毘(だび)に付(ふ)してやれ。おぬしにしかできぬ役目だ」

安松ひとりの命を奪っても、物事は解決しない。

悪党どもの始末は任せておけと、目顔で諭したのである。

庄吉は床に蹲(うずくま)って噎(むせ)び泣き、顔をあげることもできなくなった。

ふたつに欠けた茶碗を焼き接ぐことがいかに難しいかを、又兵衛はあらためて痛感した。

本来ならば、安松も後ろ盾の丸根も縄を打つべきであろうが、内勤の与力にその権限はない。かといって、手をこまねいていれば、臨時廻りの森口がこちらの動きを封じる策に出てこないともかぎらなかった。

「どうする、ここは隠密裡に動くしかねえかもな」

長元坊に促されずとも、すでに、心は決めている。

兄弟のおもいを胸に外へ出ると、夕陽が空を染めていた。

新堀川も紅蓮に燃え、行き交う荷船に目を吸いよせられる。

人吉藩の船蔵は、芝浜の一角にあるという。

夜が更ければ怪しげな荷船が桟橋にあらわれ、荷下ろしがおこなわれるらしかった。

「荷船は月に二度、藪小路の藩邸で博打が開帳されねえ日にやってくる」

長元坊の調べでは、今宵が荷下ろしの日であった。

荷運びの人足を手配するのは、安松の役目だという。

夜になるまで間があるので、増上寺の門前町まで戻り、鯉料理で知られる『玉屋』という料理茶屋の暖簾を振りわけた。

色気のない女将に空いた席へ案内され、とりあえずは冷や酒を注文する。

アテは鯉の皮の酢の物で、川海老の塩焼きと蚕豆なんぞも出されてきた。

さらに、胆嚢を傷つけぬように包丁で上手くさばいた鯉のあらいや、叩いて団子にした甘酢あんかけなどが、注文もせぬのにどんどん運ばれてくる。

長元坊は巨体に見合った大食漢ぶりを発揮し、皿ごと食べる勢いで平らげていった。

一方、又兵衛はいっこうに食がすすまず、空きっ腹に冷や酒ばかりを染みこませる。

「又よ、おれは納得したわけじゃねえんだぜ。悪党を成敗するのに、どうしてこそこそしなくちゃならねえんだ。安松みてえな悪党は、捕り方が正々堂々としょっ引きゃいいだけのはなしじゃねえか」

信頼できる上役がいれば、疾うのむかしに訴えている。信頼してくれる廻り方がいれば、有無を言わさずに動かしていたはずだ。悲しいかな、はぐれと綽名される又兵衛にはどちらもできない。奉行所内には、ただのひとりも頼りにできる者はいなかった。

それゆえ、幼馴染みの力自慢に助っ人を頼むしかない。

もちろん、長元坊にもそれくらいのことはわかっている。

ただ、やる気のない連中のあまりの多さに腹を立てているのだ。

「厄介事には頰被りを決めこみ、得になるはなしにだけ飛びついてくる。捕り方が損得勘定で動くようになったら、世の中は仕舞えだぜ。安松みてえな野郎にいじめられている連中は、いってえ誰を頼ればいい。情けは人の枝に住む。人の情けを忘れた野郎は、十手を持っちゃならねえ。な、そうだろう、又よ」

長元坊の愚痴は、果てることもなくつづいた。

呑み潰れて鼾を掻きはじめても、又兵衛は放っておく。

女将は迷惑がりもせず、二刻（約四時間）余りも同じ席に置いてくれた。

――ごおん。

亥ノ刻（午後十時頃）の鐘音が鳴ったころ、ふたりはようやく見世をあとにした。

「ちと呑みすぎた。頭が痛え」

長元坊は頭を振り、酒臭い息を吐きながら従いてきた。

芝浜にたどりつくと、松林の向こうに白い波頭が閃いている。

砂に足跡をつくって進むと、篝火の点々とするなかに桟橋が浮きあがってみえた。

人足たちの影が蠢いている。

「かなりの数だな」

横付けにされた荷船から、今まさに荷下ろしがはじまるところだ。

筵で包んだ木箱の中味は、長崎経由でもたらされた贅沢品にちがいない。もちろん、幕府の許しを得ずに売りさばいてはならぬご禁制の品々である。

ふたりは流木の陰に潜み、荷下ろしの様子を窺った。

やがて、肥えた男が陣笠の侍をともなって登場する。

「安松だぜ」

陣笠の侍は、人吉藩の役人だろう。

船奉行の丸根典膳なら、好都合だなと、又兵衛はおもった。

桟橋の端から、鼻を布で覆った侍が走ってくる。

中間頭の矢代小平太であろうか。

陣笠の侍に向かって、ぺこぺこ頭を下げている。

「まちがいねえ、陣笠のほうは丸根だぜ」

ぽつりと、長元坊が漏らす。

懐中から取りだした頭巾を着け、ふたりは流木から離れた。

歩調を変えずに砂地を進み、桟橋のすぐそばまで近づく。

篝火の炎が揺れた。

「あっ」

気づいたのは人足たちだ。

なかには、腰に段平(だんびら)を差した破落戸もいる。

「誰だ、てめえら」

叫んだ相手の顔を、長元坊の拳が破壊した。

――ぐしゃっ。

破落戸は鼻を陥没(かんぼつ)させ、桟橋から落ちていく。

「この野郎」

ほかの連中は段平を抜き、長元坊に躍(おど)りかかった。

又兵衛はその隙(すき)を衝(つ)き、安松と丸根のほうに迫る。

矢代がひとり飛びだし、斜めに動きながら抜刀した。

「死ね」

左前方から突きかかってくる。

動きは完全に読みきっていた。

又兵衛は突きを避け、刃引刀の柄頭を引きあげる。

——がつっ。

素早い一撃で見事に顎を砕いた。

香取神道流の「柄砕き」である。

矢代は昏倒し、額を桟橋に叩きつけた。

又兵衛は鞘ごと帯に戻し、残るふたりに迫る。

「おのれ」

陣笠の侍が抜刀した。

又兵衛は足を止め、低い声で誰何する。

「丸根典膳か」

「何者じゃ、おぬしは。大目付の隠密か」

「ふっ、そうかもな」

又兵衛は刃引刀を抜いた。新たに仕込んだ鈍刀である。

丸根は刀身を寝かせ、矢代と同じタイ捨流の動きをしてみせる。

すっ、すっと、左右に転じながら翻弄(ほんろう)し、撃尺(げきしゃく)の間合いから渾身(こんしん)の袈裟懸(けさが)けを浴びせてきた。

「ぬりゃ……っ」

だが、又兵衛には通用しない。

丸根の初太刀は空を切り、つぎの瞬間、刃引刀の一撃を食らっていた。

——ばきっ、ぼきっ。

瞬時に左右の鎖骨(さこつ)を折られ、力無く頽(くずお)れてしまう。

「ひぇっ」

安松は逃げようとしたが、恐怖で足が動かなかった。

又兵衛は上段の一撃で鎖骨を折り、すっと沈んで二刀目で臑(すね)を刈る。

「ぎゃっ」

達磨(だるま)落(お)としの要領でひっくり返った安松は、激痛に顔を歪(ゆが)めるしかなかった。

「うわああ」

乾分の破落戸どもは、蜘蛛(くも)の子を散らすように逃げていく。

「ぷふう、酔いが醒めちまった」

長元坊は頭巾をはぐり取った。

夜空を仰げば、臥待ちのいびつな月が浮かんでいる。

月光に照らされた桟橋には、大勢の怪我人と贅沢品の山が残されていた。

「又よ、新川河岸で呑みなおそうぜ」

渇いた喉を潤したいのは山々だが、そのまえに、始末をつけねばならぬ相手がもうひとりいる。

又兵衛は「ほとけ」と呼ばれる臨時廻りの顔を思い浮かべた。

十一

翌朝、新堀川に架かる将監橋の橋詰めには、野次馬の人集りができた。

注目の的は、ざんばら髪の男たちだ。

三人が背中合わせで縛られ、晒されているのである。

「ほう、七つ星の安松じゃねえか」

野次馬のひとりが叫んだ。

「おっ、捨て札があるぜ。どれどれ、ええ……人吉藩の船奉行と中間頭、それと献残屋に化けた阿漕な金貸しの三人は、尋常ならざる悪党なりと……」

捨て札には、三人の罪状が詳しく記されている。

しかも、かたわらには、贅沢品の詰まった木箱が山積みにされていた。

町人は安松で、ふたりの侍は丸根典膳と矢代小平太にまちがいない。

捨て札を大声で読んでいるのは、鼻が胡座を掻いた小者の甚太郎だ。

「悪党め、地獄へ堕ちろ」

かたわらでは、巨漢の長元坊もしきりに合いの手を入れている。

もちろん、又兵衛のすがたも野次馬のなかに紛れていた。

しかも、定町廻りの桑山大悟までやってくる。

「ここは天下の往来だ。お晒し場じゃねえぞ」

来がけに激昂してみせ、捨て札をじっくり読みはじめた。

そして、項垂れた三人のそばに近寄り、ひとりずつ詰問しはじめる。

「ここに書いてあるのは、まことのことか。まんがいちにもまことなら、おぬしらは極刑だぞ。何か、申し開きはあるか」

三人とも息だけはしているものの、応じる気力を失っていた。

すべては手筈どおり、桑山を呼びつけたのは又兵衛だった。

やがて、吟味方の与力が血相を変えてやってくる。

与力を追いかけるように、人吉藩の連中も寄せてきた。

「すまぬ、お役人、侍ふたりは、当藩に引き渡してくれぬか」

人吉藩の連中が懇願すると、吟味方の与力は拒もうともせずに知らんぷりを決めこんだ。

おおかた、藩に出入りを許された「御用頼み」なのであろう。

連れていかれた丸根と矢代は、藩法で厳しく裁かれるはずだ。

名誉の切腹も許されず、斬首されるにちがいない。

一方、安松のほうは、殺しと抜け荷の罪で極刑に処せられる。

「例繰方与力どの、極刑ってのは何だ」

長元坊に囁かれたので、又兵衛は顔色も変えずに即答した。

「磔だな」

公事方御定書で定められた極刑は、鋸挽である。日本橋の晒し場で罪人を首枷に嵌め、竹鋸で首を挽いたのちに二日間晒し、たとい屍骸となっても江戸市中を一日引きまわしたのち、刑場に捨て札を立てて磔にする。家屋敷や家財も没収とされるが、享保期に御定書百箇条が制定されて以来、鋸挽は一度もおこなわれていない。

御定書百箇条においては凄惨な刑罰は軽減する配慮がなされており、そのことを世間に知られないために、同書は門外不出とされた。

「ふうん、磔か」

人吉藩のふたりは連れていかれ、安松も引っ立てられていった。

野次馬も散開するなか、甚太郎が「よっこらしょ」と捨て札を引き抜き、みよかし顔で笑いかけてくる。

又兵衛は無視して背を向け、橋詰めから足早に去った。

途中で長元坊と別れ、油照り（あぶらで）のなか、八丁堀の屋敷近くまで戻ってみると、蒼醒（あおざ）めた静香が道のまんなかに佇（たたず）んでいる。

「おい、どうした」

声を掛けても応じず、身を強張らせていた。

踏みだそうとすると、真横の軒陰から、絽羽織（ろばおり）の小銀杏髷がのっそりあらわれる。

「ん、おぬしか」

臨時廻りの森口源之丞が、片頰（かたほお）に笑みを浮かべた。

「あんたなんだろう、安松たちを晒したのは」

「そうだと言ったら、どうするつもりだ」

「目途を知りたい。何故、あんなことをした」

「妙なことを申すな。公儀から禄米を頂戴する捕り方なら、悪党を捕まえるのは当然であろう」

「あんたは内勤だ。例繰方の与力は、御用部屋でおとなしくしてりゃいい。それとも、金が欲しいのか。正直に欲しいと言ってもらえれば、こっちにはあんたと仲良くなる用意がある」

又兵衛は、ふっと嘲笑う。

「腐れ同心と仲良くしてどうする」

「ほう、わからぬな。金が目途ではないのか。まさか、浅い正義とやらで、あれだけのことをしでかしたのではなかろうな」

「何を言ったところで、おぬしにはわからぬ」

「そうくるか。ならば、こっちも覚悟を決めねばなるまい」

森口は静香の後ろにまわりこみ、喉首に左腕を絡める。

「止めろ、静香をどうする気だ」

「あんたが味方につくなら、奥方を放してやる。つかぬと言うなら、奥方には死んでもらうしかない」

「卑怯なやり方だな。わしと一対一で勝負せぬのか」

「奥方を殺めてから、勝負してやろう。わしはこれでも、梶派一刀流の免状持ちでな、怒りで我を忘れ、心に動揺をきたした者が相手なら、十中八九、負けはせぬ」

「たいした自信だな」

又兵衛が近づこうとすると、森口は左腕に力を入れた。

「くっ」

静香は苦しがり、腕を外そうと藻掻いたが、臨時廻りの膂力には抗すべくもない。

困った。

間合いは、七間ほどもある。

「待て、刀を捨てるゆえ、静香を放してくれ」

又兵衛は懇願し、大小を鞘ごと帯から抜いた。

と、そのときである。

道端の木陰から、義父の主税がひょっこり顔を出した。

「これ、娘、そこで何をしておる」

疳高い声で呼びかけるや、森口の気が殺がれた。

間隙を見逃さず、静香がするっと下へ逃れる。

「こやつめ」

森口は刀を抜き、静香の肩口に斬りつけた。

ところが、一瞬早く、静香のほうが小脇を擦り抜ける。

「がはっ」

森口が血を吐いた。

静香の手には、悪党同心の脇差が握られている。

咄嗟に相手の鞘から本身を抜き、胴を抜いてみせたのだ。

「おいおい、驚き桃の木だな」

又兵衛は目を丸くする。

何処に隠れていたのか、野次馬が湧いてでてきた。

又兵衛は我に返り、静香のもとへ急いで駆け寄る。

震える手から脇差を外し、袖で血を拭った。

「だいじないか」

「はい」

静香は気丈に応じた。

かたわらから、主税が自慢げに声を張ってくる。

「知らぬのか。その娘、富田流小太刀を修めておるのじゃぞ」

「えっ、まことに」

仰天する又兵衛のかたわらで、森口がもぞもぞ動きだした。

近づいて素早く傷口を縛りつけ、血止めだけはしてやる。

静香が心配そうに覗いてきた。

「案ずるな。深傷だが、死にはせぬ」

又兵衛のことばに、静香はほっと胸を撫でおろす。

こののち、森口には切腹の沙汰が秘かに下されるだろう。

身内から罪人を出すわけにはいかぬので、表向きは病死とされ、町奉行所は面目を保とうとするにちがいない。

おもわぬかたちで、一連の出来事は決着した。

又兵衛が静香を見直したのは言うまでもない。

それから数日後、大川端では勇み肌の男たちの水垢離がはじまった。

船宿で屋根船でも借り、花火見物をしようとおもいたち、又兵衛は甚太郎に命じて親しい連中に声を掛けさせた。

もちろん、又兵衛のことなので、親しい連中など多くはない。静香と両親にくわえて、賄いのおとよ婆に長元坊と甚太郎しかいなかったが、焼き接ぎ職人の庄吉にも声を掛けさせた。

庄吉の性分から推すと、渋るだろうが、みなで打ちあげ花火を見物して弟の供養にするのだと言えば、重い腰をあげるにちがいない。

案の定、暗くなりはじめた柳橋の桟橋へ、庄吉は憔悴した顔でやってきた。

すでに、安松のことは知っている。磔の沙汰が下されるのはあきらかだし、又兵衛がやってくれたとわかっているので、心の底から感謝もしていた。庄次郎の遺体も荼毘に付したが、やはり、弟を失った苦痛から逃れられずにいるのだ。

「詮方あるまい。でもな、庄吉、おぬしにはまだ、残りの長い人生がある」

又兵衛が顎をしゃくったさきに、長元坊が巌のように立っていた。

巨体の後ろに隠れるようにして、十四年前に別れた女房が俯いている。

「庄吉よ、おぬしのほうから迎えにいってやらぬかぎり、おれんはあそこから一歩も動けぬのだぞ」

叱りつけるように諭すと、庄吉は涙目を向けてきた。

「……ひ、平手さま」

「何も言うな、早く行け」

背中を強く押してやると、庄吉はふらつきながら歩きはじめる。

おれんも長元坊に押しだされ、桟橋のまんなかへ近づいてきた。

「……お、おまえさん」

だっと駆けだし、おれんは庄吉の胸もとへ飛びこんだ。

庄吉もしっかりと抱きとめ、おれんを離そうとしない。

揺れる桟橋のうえで、ふたりはひとつになった。

——ぼん、ばりばり。

大橋(おおはし)の真上で、突如(とつじょ)、花火が炸裂(さくれつ)する。

「欠けた茶碗が元に戻ったな」

又兵衛はひとりごち、静香は微笑んだ。

甚太郎は、しきりに洟水(はなみず)を啜っている。

「さあ、船を出しやすよ」

船頭の呼びかけに応じ、庄吉とおれんが船へ乗りこんできた。

ふたりはまるで、生まれかわったような顔をしている。

——ばりばり。

またもや、漆黒の空に大輪の花が咲いた。

庄次郎も、これで満足だろう。

「鍵屋(かぎや)あ」

又兵衛は柄(がら)にもなく、大きな声を張りあげた。

櫛侍の本懐

一

暑い。

暦が替わっても、立秋と呼ぶにはほど遠く、茹だるような暑さはつづいている。

裃を纏った又兵衛は屋敷を出てから往来をしばらく歩き、周囲に誰もいないのを確かめてから露地裏の瀟洒な商家へ向かうと、裏庭を囲う塀に近づき、群生する葛の蔓を手繰りよせて茎をちぎるや、開いた口に茎の切り口を翳して水滴を啜った。

「葛水は渇きを医する甘露なり」

満足げに一句捻り、何食わぬ顔で往来へ戻ると、足取りも軽やかに数寄屋橋のほうへ向かう。出仕の際に寄り道をするのは毎朝の習慣だが、もちろん、誰かに見咎められるような愚は避けねばなるまい。

そういえば、この夏に一度だけ、葛の生る商家の内儀にみつかったことがあった。内儀は盥に水を汲んで黒髪を洗っており、あらわになった乳房の垂れ具合が甘味の増した瓜を連想させた。

葛水を啜る又兵衛に向かって「いくらでもどうぞ」と、声を出さずに唇だけを動かしたので、おもわず背を向けてしまったが、あのとき以来、艶めいた内儀を見掛けたことはない。

「いかん、いかん」

暑さは人の心を狂わすと、おのれに言い聞かせ、南町奉行所の脇門を潜って玄関へ向かう。玄関では若い中番と気のない挨拶を交わし、左手の御用部屋へ出仕すると、部屋頭の中村角馬がさっそく困った顔で喋りかけてきた。

「内与力の沢尻さまがお呼びだ。出仕したら御用部屋へ来るようにとの仰せでな、おぬし、何かやらかしたのか」

「いいえ、おぼえはござりませぬが」

「わかっておるとおもうが、沢尻さまは御奉行の懐刀と目されておる。気難しい性分ゆえか、どなたとも親しまれず、むしろ、上の方々とは反目しておられるご様子。なかでも、年番方筆頭与力の山田さまとは反りが合わぬようでな、廊下で擦れちがっても挨拶も交わさぬほどとか。懐刀の沢尻さまを蔑ろにするのは忍びなく、さりとて、古株の山田さまに逆らうわけにもいかぬ。例繰方を率いるわしとしては、じつに悩ましいところよ」

「どちらにも属さず、いつも泰然と構えている。それでよいのではありませぬか」

「ほっ、平手又兵衛が意見しよった。春でもないのに、椿事じゃな。知らぬのか、おぬしは沢尻派と目されておるのだぞ」

おもう者には、勝手におもわせておけばよい。蝸牛角上の争い。狭いなかでも争いごとは絶えず、どのような舞台にも上下の序列は生まれる。又兵衛は「牛の糞にも段々」と胸中につぶやき、糞をみるような目を中村に向けた。

「何じゃ、おぬし、文句でもあるのか」

「いいえ」

「よいか、ひとつだけ忠告しておくぞ。沢尻さまだけでなく、山田さまにもよい顔をしておけ。たとえば、盆の挨拶にお宅を訪ねよ。その際は、大久保主水の煉り羊羹でも携えてゆけ。のう、それが宮仕えの身過ぎ世過ぎというものよ」

虚しいことばを背にしつつ、又兵衛は部屋を出た。

廊下の奥へ進むと、折悪しく「山忠」こと山田忠左衛門がやってくる。

擦れちがいざま、わざと舌打ちされた。

「ちっ、懐刀どのに飼いならされよって」

もう一度、胸に「牛の糞にも段々」とつぶやき、内与力の部屋までやってくる。

「平手又兵衛、罷り越しましてござりまする」

襖越しに告げると、内から「はいれ」と、厳めしげな声が聞こえた。

部屋にはいって襖を閉め、命じられるがままに下座へ膝行し、畳に両手をついて平伏す。

「面をあげよ」

のっぺりとした顔の沢尻玄蕃が、やにわに上座から試問してきた。

「乱心から放火した者の刑罰は何じゃ」

「はっ、十日以上百日以下の押込にござります。身分を問わず、家宅の門を閉ざして謹慎させ、夜間の出入りを禁じねばなりませぬ」

「押込の期間にずいぶん幅があるではないか」

「被害の軽重によって、ちがいが生じるかと」

「ならば、下女と相対死にして生き残った主人はどうなる」

「百姓町人の身分を奪い、非人手下といたしまする」

「ならば、変死人を無断で埋葬した武士はどうなる」

「逼塞五十日にいたしまする。閉門より一等軽いため、門は閉ざすものの、夜間に潜り戸から目立たぬように出入りするのはよしといたしまする」

「ならば、他人の妻との密通は」

「死罪にござりまする。屍骸の胴は様斬りにし、家屋家財は没収といたしまする」

「ならば、主人の妻と密通した者は」

「獄門にござりまする。牢屋敷にて斬首ののち、刑場の獄門台に首を晒し、罪状の明記された捨て札を立てまする。なお、こちらも家屋家財は没収といたしまする」

「ふむ、すらすらと、ようこたえたな」

沢尻は糸のような目をいっそう細め、満足げに微笑んでみせる。

又兵衛にしてみれば、お茶の子さいさいの試問だが、これが本題でないことはわかっていた。それにしても、親しげにみえてそのじつ、何を考えているのかわからぬ。あいかわらず、得体の知れぬ男だ。

「御奉行も、たまにこうした試問をなされる。さすが、昌平黌開校以来の秀才と評されたお方、わずかでも気を抜けば即座に力量を看破され、信を失ってしまえば、以後は相手にもされなくなる。それゆえ、古株の連中はみな恐がってな、みずから御奉行のもとへ近づこうともせぬ。それはそれでかまわぬが、案じられるのは御奉行が蚊帳の外へ置かれることじゃ。そうならぬように配慮しておるつもりじゃが、なかなかに難しい。そもそも、町奉行所は伏魔殿のごときところゆえな」

応じることばもなく黙っていると、沢尻がつづけた。

「平手よ、おぬし、内々で『はぐれ』と呼ばれておるそうじゃな。上役や同役と酒を酌みかわすどころか、盆暮れの挨拶もろくにせぬようではないか。それでよくも町奉行所の与力がつとまるな」

「はっ、面目次第もござりませぬ」

「いや、叱ったわけではないのだ。じつは、わしもいささか古株の連中から疎まれておる。はぐれ者同士の誼で、ちとつきあってほしいさきがあるのじゃ。おぬし、歌を詠むと申しておったな。忘れてはおらぬぞ、ほれ、灌仏会じゃ。厠に貼る護符の歌を奉行所内で募ったところ、おぬしだけが律儀にも、へぼ句を携えてきおったではないか」

「はあ、まあ」

「金満家の集う歌詠みの連があってな、何の因果か、わしが世話役を仰せつかった。諸々、面倒な下準備は町人どもがやってくれるのだが、連に行ったら即興で一句捻りださねばならぬ。おぬしがかたわらにおってくれれば、何かと心強いとおもうてな。どうじゃ、つきあってくれぬか」

豪腕と噂される沢尻にしては、ずいぶん下手に出てくる。

又兵衛は拒むこともできず、了解の意思を伝えた。

「ここで一句詠んでみよ」

「えっ」

「恥ずかしがることはあるまい」

「されば、お題は何にいたしましょう」

「七夕でどうじゃ」

「かしこまりました」

鼻から長々と息を吸い、頭から雑念を取り払う。

ぽっと、一句浮かんだ。

「また一年、逢うて別れるふたつ星」

「ん、もう詠んだのか」

「はい」

「もういっぺん、聞かせてみよ」

「また一年、逢うて別れるふたつ星」

「見事じゃ。即興でよくそれだけ詠めるのう。されば、もう一句」

「天の川、漕ぎて渡れば果報あり」

淀みなく詠んでみせると、沢尻は眦を下げる。

「ふうむ、なかなかのものじゃ。よし、なれば、今宵の歌詠みの会は頼むぞ」

「今宵にございますか」

「何か用事でもあるのか」

「いいえ、まいります」

又兵衛は行き先と刻限を告げられ、沢尻の御用部屋から退出した。

歌詠みの会には惹かれるものの、わざわざ足をはこぶのは面倒臭い。しかも、こうして徐々に飼いならされていくのかとおもえば、鬱々とした気持ちから逃れ難くなる。

御用部屋へ戻ると、中村が眸子をぎらつかせながら近づいてきた。

どうであった、何があったと、銀蝿のごとく聞いてくる。

「歌を詠めとの仰せでした」

そう言って天の川の歌を披露してやると、奉行所内の噂話にしか興味のない小心者は惚けたような顔をしてみせた。

二

夜、飯も食わずに深川の永代寺門前へやってきた。

富岡八幡宮寄りにある『松本』と『伊勢屋』は軒を並べる二軒茶屋、値の張ることでは江戸でも一、二を争う料理茶屋として知られ、やってくる客も蔵持ちの商人などの金満家ばかりである。

又兵衛も名だけは知っていた。五十年余りまえに詠まれた「二軒茶屋、肝を潰して払いをし」という川柳を口ずさみながら、指定された『松本』のほうへ向かい、下足番に雪駄を預け、案内に立った手代の背にしたがう。

少しばかり遅れたので、二階の大広間は大勢の人で溢れていた。鬢付け油の匂いがきついのは、黒々と染めた髪をてからせた商人が多いからだろう。

侍のすがたもちらほら見受けられた。部屋の左右には蝶足膳がずらりと並び、賄いの下女たちが入れ替わり立ち替わり、酒や料理を運んでいる。

「ささ、こちらへどうぞ」

又兵衛は部屋の端に近い席へ導かれ、さっそく手酌で冷や酒を一杯飲った。たぶん、灘の下り酒であろう。あまりの美味さに、にんまりしてしまう。

膳に並んだ皿には、鱸のあらいに干し鰈の香草焼き、鰻の蒲焼きにぼらの皮付き焼き、茄子や瓜といった夏野菜の数々、さらには煮物や香の物から甘味まで、ありとあらゆる料理が並んでいる。

腹が減っていたので食べに食べ、沢尻を探すことも忘れていた。

連への期待がいやが上にも高まるなか、手足のやたらに長い五十絡みの商人が遠い上座のほうで立ちあがる。

「手前は木曾屋与右衛門、肝煎りの櫛屋にございます。皆の衆、そしてお客人の方々、かねてよりの申しあわせどおり、今宵は無礼講ゆえ、お侍も商人も身分の垣根を取っ払い、思う存分に歌と料理を楽しんでいただきたく存じまする。されば、お題を申しあげますので、お静かに」

しんと静まる大広間に、木曾屋の野太い声が響いた。

「ひとつ目は泥鰌、ふたつ目は親孝行、いずれも関わりが薄いようにみえてそのじつ、文月に相応しいお題かと。いつものとおり、お配り申しあげた短冊に歌をしたためていただきます。のちほど、一席と二席だけは披露し、選ばれたお方にはご褒美を進呈いたしたく存じまする。手前が百まで数え終えたら、掛かりの者が短冊を集めさせていただきますので、何卒よしなに。されば、おはじめくださ い」

唐突にはじまったので、又兵衛は焦った。

それでも、ふたつの句を即興で捻りだし、短冊に薄墨を走らせる。

仕舞いの一字を書き終えたところへ、手代が取りにあらわれた。

公正を期すためか、大勢の手代が襖の陰から一斉にあらわれ、慌ただしくみなの短冊を集めていく。

ふたたび、木曾屋が立ちあがった。

「かたじけのう存じまする。されば、しばしご歓談を」

と言われても、見も知らぬ相手とはなしなどできぬし、したくもない。

首を差しだして上座をみやれば、木曾屋が立て膝になり、主客然とした沢尻に酒を注いでいるところだった。

挨拶せねばなるまいと立ちあがり、腰を曲げた恰好で滑るように進む。

「沢尻さま、ご挨拶が遅れました。平手にございます」

畳に両手をつくと、木曾屋のほうがさきに喋った。

「沢尻さま、ご配下であられましょうか」

問われた沢尻は、面倒臭そうな顔をする。

「そやつは平手又兵衛、例繰方の与力でな、是非とも参じたいと抜かすので、声を掛けてやったのじゃ」

「それはそれは、沢尻さまのご紹介とあらば、さぞかしご立派なお役人さまなのでござりましょう」

ずいぶんはなしがちがうなと、腹を立てたところで詮無いはなし、仏頂面で黙りこむしかない。

「平手さま、そうお硬くならずに。今宵は無礼講ゆえ、まんがいち粗相があっても、沢尻さまはお怒りになられますまい。あっ、ちょうどよい機会にござります。手前のほうからもおふたりへ、紹介したいお方がおられます」

木曾屋は下座の末端に目をやり、大きな声で誰かの名を叫んだ。

「稲美さま、こちらへまいられよ」

まるで、殿様の側近が配下を呼びつけるような態度だ。

端の席に座っていた侍が、すっと煙が立つように立ちあがった。

年の頃なら三十なかば、五分月代で絽羽織を纏っており、どう眺めても食いつめた浪人にしかみえない。

稲美は腰を曲げたまま近づき、ぱっと裾を叩いて膝をたたむや、沢尻と又兵衛に向かって丁寧にお辞儀をする。

木曾屋が薄く笑った。

「こちらは稲美徹之進さま、ゆえあって長屋暮らしを強いられておいでですが、稲美さまが内職でお作りになる柘植の櫛はまさに天下一の逸品、手前の商売には欠かすことのできぬお方にござります。しかも、歌詠みの名人でもあられる。今宵を機に、是非ともお見知りおきをと、手前が申すのもおかしゅうございますが、何せ稲美さまは極度の人見知りゆえ、こうでもせねば、ひとことも発せられませぬ」

「さすが、世話好きの木曾屋、おもしろそうな御仁とつきあっておるのう」

沢尻は感心してみせるが、稲美にはまったく興味をしめさない。

むしろ、興味を持ったのは又兵衛のほうだった。歌を嗜んでいるにもかかわらず、人見知りで喋りたがらぬところなど、自分によく似ているとおもったからだ。

稲美は木曾屋に顔を向け、厳しい口調で問うた。

「さきほどのお題、選ばれた理由を伺いたい」

「たいした理由はござりません。泥鰌は昼にしんこ泥鰌の鍋を食うたばかりで、親孝行については刺鯖がぽっと頭に浮かんだゆえにとしか。何か、ご不満でも」

「いいや、即興で詠みやすいお題にござった」

「ほっ、それならばよかった。安堵いたしました」

そこへ、手代が三方を運んでくる。

三方のうえには、さきほど集めた短冊が山と積まれていた。

「おう、来た来た」

沢尻が眸子を輝かせる。

一席と二席の選出は、木曾屋が詠み人の名を隠して歌だけを詠みあげ、座敷に集ったみなで選評をおこなって決めるらしい。

「さて、皆々さま、今より選評にはいらせていただきます」

木曾屋は立ちあがり、手代から受けとった短冊に目を走らせながら、淀みなく一句ずつ歌を詠んでいった。

集った連中はじっと耳をかたむけ、一寸書きにさらさらと感想を書きつけていく。

ひととおり詠み終えると、さらに気になる句を選んで意見を出しあい、最後はお題にたいして優秀とおもわれる歌が沢尻と木曾屋の裁量で二句ずつ選ばれていった。

「今宵はいずれのお題も、すんなりと決まりました」

木曾屋はこほっと空咳(からせき)を放ち、もったいぶるように間を取ったのち、声の調子をあげた。

「されば、泥鰌のお題から、まずは二席となった句を詠ませていただきます」

大広間には緊張の糸が張られたようになる。

「背開きは、手間のわりには味気なし……ええ、選評にもございましたが、近頃南伝馬町(みなみてんまちょう)辺りで評判の、泥鰌を背開きにして牛蒡(ごぼう)といっしょに煮た抜き鍋は、やはり、今ひとつ馴染めぬということで……ええ、こちらの句をお詠みになったのは、どちらさまであられましょう」

又兵衛が、ひらりと手をあげた。

「ほっ、平手又兵衛さま。皆々さま、泥鰌の二席は南町奉行所の例繰方与力であられる平手さまに決まりました」

沢尻は細い目をいっそう細め、満足げにうなずいている。

「さて、つづいて一席にござります」

木曾屋はまたも空咳を放ち、わずかに間を置いてから声の調子をあげた。

「泥鰌鍋、丸ごと入れてぶち殺し……ええ、いかがにござりましょう。文句なしの一席をお詠みになったのは、どなたであられましょうか」

五分月代の稲美が、怖ず怖ずと手をあげた。

「おう、これは稲美さま。皆々さまもよくご存じの稲美徹之進さまが、泥鰌の一席にござります」

木曾屋は大袈裟な身振り手振りを交え、ふたつ目のお題をつづける。

「さて、つぎは親孝行にござります。まずは二席となった句をご紹介いたしましょう。塩鯖に、串を刺しても親はなし……ええ、選評でもござりましたな。生御霊のお祝いに刺鯖をつくってはみたが、すでに双親は他界していない。遺された者の悲哀を詠じた一句にございます。こちらをお詠みになったのは」

「それがしにござる」

又兵衛は恥ずかしそうに手をあげる。

一席を外したのが口惜しいのか、沢尻は目も合わそうとしない。

木曾屋がつづけた。

「いよいよ、親孝行の一席にございます。お詠みしますぞ。刺鯖は、生きた親への恩返し……ええ、いかがにござりましょう。刺鯖は、生きた親への恩返し。恩返しということばが効いておるようにおもいますが。こちらの句をお詠みになったお方は、どうぞ、お立ちになってください」

立ちあがったのは、またもや、稲美徹之進であった。

周囲から称賛され、ぺこりとお辞儀をしてすぐに座る。

「されば、二席のお方には米一俵を、一席のお方には米二俵を差しあげたいと存じまする」

又兵衛は褒美の豪華さに驚きを禁じ得ない。

おもわず、稲美の盃に銚子をかたむけた。

「かたじけのう存じまする」

稲美はくっと盃を空け、返盃の酒を注いでくれる。

一見すると、嬉しいのかどうかもわからない。だが、間近で酒を酌みかわすと、嬉しさを噛みしめている様子が伝わってきた。

この男とは、馬が合いそうだな。

そんなふうにおもうことは稀にもないので、一風変わった句会に誘ってもらったことを感謝した。

肝心の沢尻は、木曾屋からこっそり「贈り物」を貰っている。

袱紗の隙間からみえたのは、山吹色の代物にほかならない。

なるほど、まことの目途はそれか。

何やら、がっかりした気分になった。

杓子定規に清廉潔白を求めるわけではないが、やはり、平然と賄賂を受ける上役を信じたくはない。

せっかく貰った米一俵も熨斗を付けて返そうと、又兵衛はおもった。

三

不浄役人の特権は日髪日剃、そして、何と言っても湯屋の一番風呂である。

又兵衛は霊岸島の『鶴之湯』へおもむき、すっきりした頭で句会のことを考えた。

そもそも、何のために誘われたのか、よくわからない。かたわらに居てくれれば心強いと言われたものの、沢尻はみずから句を詠むこともなかったし、はじめて参じた配下が二席に選ばれても褒めことばひとつ掛けてくれなかった。

もやもやした気持ちでいると、句会の二日後、沢尻から呼びだしがあった。

さっそく御用部屋を訪ねてみると、険しい顔を向けてくる。

「おぬし、木曾屋から米俵を受けとらなんだのか」

「はっ」

「瘦せ我慢しおって。貰えるものは貰っておけ」

「いえ、そういうわけにはまいりませぬ」

「役人の賄賂は御法度とでも御定書に記されておるのか」

「御定書に記されてはござりませぬが、商人から金品を受けとらぬのは公儀に仕える役人の嗜みにございます」

「つまらぬ男よの、ふん、まあよい。ところで、どうであった」

「は、何がでござりましょう」

惚けたような顔をすると、沢尻は眉間に皺を寄せる。

「木曾屋与右衛門に決まっておろう。何か気づいたことは」

「どこにでも居そうな商人にござりました。ただ」

「ただ、何だ」

「やけに手足が長く感じられました」

「ふふ、手足が長いは盗人の証し、木曾屋には囲い荷の疑いがある」

「えっ」

「これを」

沢尻は袂に手を入れ、柘植の梳き櫛を取りだした。

渡された櫛は手あたりもよく、心地良い重みが感じられる。

「大きさ四寸四分、幅二寸、歯数は一寸につき四十二本。岸和田産の和泉櫛じゃ。高価な物は、小判一枚でも買えぬ」

独り暮らしの長かった又兵衛には、縁のないはなしだ。

櫛の値段も、何処で誰がつくっているのかも知らない。

「江戸や大坂で売られている櫛の大半は、岸和田産の和泉櫛にほかならぬ。木曾屋は同藩の御用達でな」

「はあ」

「わからぬのか、鈍いのう。囲い荷の疑いがある品とは、和泉櫛のことじゃ」

何処かの隠し蔵に貯めおき、わざと品薄にして値を吊りあげる。囲い荷は公儀においても重罪とされる悪質なやり口だ。

どうやら、木曾屋を調べろということらしい。

「まさか、それが沢尻さまの狙いであったと」

「さよう、例繰方のおぬしならば、怪しまれぬとおもうてな、おもしろくもない句会へ連れていったのさ」

驚いた。沢尻には、御用に繋がる格別の意図があったのだ。

「三月ほどまえ、木曾屋の不正について訴えがあった。名も書いておらなんだゆえ取りあげずともよかったが、偶さか訴状が御奉行のお目に触れてな、隠密裡に探索せよとの命が下されたゆえ、とりあえずは歌詠みの連に関わりを持った。無論、わしみずから動けば目立ってしまう。それゆえ、暇そうでぱっとせず、無駄口を叩かぬ地味な配下はおらぬかと探しておったところ、おぬしが網に掛かったというわけじゃ」

いっさい褒めもせず、面倒な隠密御用をさせる気なのだ。

又兵衛は背筋を伸ばし、襟を正す。

「されど、それがしには例繰方のお役目がござります」

「たしかに、それはそれで、きちんとやらねばならぬ。されど、非番の日もあろうし、夜は空いておろう。よいか、寝る間も惜しんで探索せよ」

「お待ちくだされ、荷が重うござります。いったい、何から調べてよいものやら」

「世話の焼けるやつだな。ほれ、一席に選ばれた食いつめ者がおったであろう。木曾屋のお気に入りのようであったし、あの浪人者から当たってみてはどうじゃ」

「はあ」

「御奉行直々の密命を帯びることなど、そうあることではないのだぞ。今日からさっそく調べにはいるがよい。手柄をあげれば、米一俵とはいかぬまでも、御奉行から褒美を頂戴できるやもしれぬぞ。ふふ、よかったのう、存分に励めよ」

何がよいものかと胸に悪態を吐き、又兵衛は重い腰を持ちあげる。

「待て、櫛を返せ」

差しだされた掌に高価な櫛を返し、沢尻の御用部屋から退出した。

廊下へ出ると、玄関のほうから鰓の張った強面の人物がやってくる。

吟味方与力の「鬼左近」こと、永倉左近にほかならない。

擦れちがいざま、唾を吐きすてる勢いで呼びかけられた。

「けっ、はぐれの平手又兵衛め、ついに、内与力の手下になりおったか。何をこそこそ動いておる」

「こそこそなどしておりませぬ」

「ほう、このわしに口ごたえいたすとはな。おぬしが何を探ろうと、探った先々でことごとく潰してやる。永倉左近の壁がいかに堅牢で高いかを思い知らせてやるゆえ、覚悟しておけ」

重々しく言い捨てるや、鬼左近は肩を怒らせながら遠ざかっていった。

年番方筆頭与力の「山忠」こと山田忠左衛門につづき、鬼と称される吟味方与力の永倉左近まで敵にまわしたとなれば、もはや、南町奉行所に居場所はなくなったも同然である。

それでも、さして気にせぬのが、又兵衛の不思議なところだ。

早々に頭を切りかえ、別のことを考えている。

柘植の櫛を土産に持ちかえれば、静香もさぞかし喜んだであろうに。

又兵衛は役目を終えて足を引きずり、屋敷へまっすぐ帰らずに常盤町へ向かった。

見慣れた療治所へ立ち寄ると、長元坊がめずらしく年寄りの背中に鍼を打っている。

「邪魔するぞ」

勝手に雪駄を脱いで板の間にあがり、奥の部屋へ踏みこんだ。

開けっ放しの窓からは、涼しい川風が吹いてくる。

「夕暮れは、ずいぶん過ごしやすくなったな」

あれほど嫌っていたにもかかわらず、夏が終わるとなれば淋しい。

長元坊は治療の途中で年寄りを帰し、五合徳利と肴を携えてきた。

「おい、ちゃんと治療してやれ」

又兵衛がからかっても、ふんと鼻を鳴らし、鯣烏賊を行燈の炎で炙りだす。

「あのくらいでいいんだよ。ちゃんと治療しても、治らねえもんは治らねえ」

冷や酒を酌みかわし、ふたりは鯣烏賊を齧った。

「又よ、冴えねえ面をしていやがるな」

「わかるか」

「ああ、わかるさ。厄介事を抱えこんだと、面に書いてあるぜ」

沢尻との経緯をはなすと、長元坊は片眉を吊りあげた。

「只じゃやらねえよ。米俵を貰えるんなら、助っ人してやってもいいぜ」

「ふん、欲張りめ」

「おいおい、そりゃねえだろう。たまにゃ、得になるはなしを持ってこいっつうの。それからな、可愛い女房に櫛のひとつも買ってやれ。くしのくは苦労のく、くしのしは辛抱のしと言ってな、女房になる相手に櫛を贈るのは、旦那になる野郎があたりまえのようにやっていることなんだぜ」

「そうなのか」

「まったく、そんなことも知らねえのか」

長元坊はひとしきり皮肉を並べ、美味そうに安酒を呷った。

「へへ、平手又兵衛の困った顔は酒の肴になる。鬱憤晴らしにちょうどいいや」

「他人事だとおもって、おぬしはいつも気楽でいいな」

「気楽なだけが取り柄でね。それにしても、櫛屋の囲い荷をどうやって暴くんだ」

「さあな」

「訴えたやつに心当たりは」

「ないようだ」

「訴状の字を確かめてみれば、侍か商人かの見当くれえはつくだろう」

商人ならば、木曾屋に恨みを抱く同業者か奉公人が怪しいことになり、侍ならば、岸和田藩に関わりのある者の関与が疑われよう。

「なるほど」

鍼医者だけあって、ちゃんと経絡を突いてくる。

「たぶん、隠し蔵があるはずだ。そいつをみつけられたら、囲い荷の証拠を摑んだも同然だな」

今宵は妙に冴えているなとおもいつつ、又兵衛は長元坊に酒を注いでやった。

「内与力が言うように、稲美っていう食いつめ浪人が鍵を握っているかもな」

「どうして、そうおもう」

「ただの勘さ」

「ふん、期待させるな」

「でもよ、そいつは木曾屋のお気に入りみてえだから、外に漏らされたくねえ事情を知っていてもおかしかねえ。さっそく、訪ねてみたらどうだ。へぼ句でもいっしょに詠もうと誘えば、ほいほい従いてくるかもだぜ」

長元坊に煽られ、その気になってきた。

だが、今宵は訪ねる気にならぬし、まだまだ呑み足りない。

又兵衛は根が生えたように居座り、夜更けまで酒を呑みつづけた。

四

翌日は非番、又兵衛は着流し姿で釣り竿を肩に担ぎ、浜町河岸のさきから新大橋を渡った。

渡ったさきは深川、六間堀に沿って竪川に向かい、三ツ目之橋を渡ってすぐの横川をめざす。本所を南北に貫く横川のなかほど、法恩寺橋の西詰めには夜鷹の巣窟として知られる吉田町があり、地の者でなければあまり踏みこまない。

その辺りの一隅に、稲美徹之進の住む長屋があるという。

化粧っ気のない嬶ぁに尋ねてみると、稲美の住まいはすぐにわかった。

「十年前にふらりとあらわれてね、大家さんの娘といっしょになったのさ。娘はおふくと言ってねえ、娘ったって今はもう三十路だけど、愛敬のある可愛らしい娘だったよ。すぐに子が生まれてねえ、おさちって言う娘だけど、その子も十になっちまった。野良犬みたいな浪人がふくを貰ってさちを授かったってね、当時は長屋じゅうの評判になったものさ。お人好しの大家さんは二年前に逝っちまったけど、稲美の旦那、今じゃ大家のまねごとをやりながら、表店で櫛をつくっていなさるんだから、まったく世の中ってのはわからないもんだね」

立て板に水のごとく喋る嬶ぁのおかげで、稲美の暮らしぶりはおおよそ把握できた。

丁重に礼を言って別れ、蒸し暑い曇天のもと、さっそく裏長屋へ踏みこんでみる。

「おっ」

板壁沿いにびっしり植えられた向日葵が、遅咲きの花を咲かせていた。

十ばかりの娘が道端で手鞠をついており、母親らしき女が表店からあらわれ、こちらに軽くお辞儀をする。奥のほうから鋸を挽く音が聞こえてきたので、表店を覗こうとすると、明るく声を掛けられた。

「何かご用ですか」

「いかにも。それがし、平手又兵衛と申す」

居ずまいを正し、お辞儀をする。

勘のよさそうな女は、不審な顔ひとつみせない。

「稲美徹之進の内儀、ふくにござります。あそこで鞠をついているのは、娘のさちにござります」

「あの、向日葵はどなたが」

「すべて稲美が植えました。お天道さまにまっすぐ顔を向けて咲く。向日葵が花のなかで一番好きなのだそうです。ささ、どうぞこちらへ。稲美を呼んでまいりますので、少しお待ちを」

しっかりした女房だ。初対面でも親しみが湧く。十年前に稲美が絆されたのもわかるし、つましいながらも幸福そうな今の暮らしぶりが伺えた。

敷居の内へ踏みこむと、木の香りが漂ってくる。

店頭売りもしているのか、梳き櫛、解き櫛、唐櫛、挿し櫛、掻き櫛、毛筋立てなどといったさまざまな櫛が見受けられた。

訪ねるにあたって、少しは和泉櫛のことを調べてきたのだ。櫛の素材は柘植か椿かミネバリを使う。櫛職人は「櫛挽き」とも称し、解き櫛と挿し櫛をつくる職人は「解かし屋」と、梳き櫛は「おろく屋」と、毛筋立てと鬢浮かしは「縦もの屋」などと呼んで区別しているらしい。

稲美は櫛の歯が大きくみえる眼鏡をつけて台の上に座り、石の盤を使って解き櫛の歯挽きをやっているところだった。

後ろの壁には、歯挽き、引きまわし、峰の線引き、木賊磨きといった用途に合わせて使いわけをする種々の鋸がぶらさがっており、砥石のそばには艶出しに使う棕櫚や貝の粉、仕上げに使う油を入れた壺なども並んでいる。

稲美は気難しい職人気質のところがあるらしく、女房のおふくに声を掛けられても、ひと仕事終えるまでは腰をあげようとしない。

又兵衛は店頭の櫛を手に取ったりしながら、のんびり待ちつづけた。

しばらくすると、稲美が眼鏡を外し、こちらへのっそりやってくる。

「これはどうも、平手又兵衛どのでしたな」

「突然お邪魔して申し訳ない。非番なので、これでもつきあっていただこうかとおもいましてね」

釣り竿をみせると、稲美はにっこり笑う。

「釣りですか、そいつはいい。それがしも嫌いではござらぬ」

「ところで、櫛を触っていたら、一句浮かびました」

「ほう、伺いましょう」

「では、櫛贈る相手もおらず、年を食い……はは、少しまえのそれがしにござる」

「ということは、今はお相手がいらっしゃる」

「ええ、まあ。されど、櫛はまだ贈っておりませぬ」

「なるほど、それがしも一句浮かびましたぞ」

「伺いましょう」

「柘植の櫛、すいた相手の贈り物」

「いや、お見事。贈られる側の気持ちを詠まれるとは。しかも、好いたと梳いたを掛けましたな」

「わかりますか」

「無論にござる」

　馬が合うとは、まさにこのことだ。

　稲美は女房のおふくを呼び、釣りの仕度をしはじめる。

「そういえば、平手どのは米俵を受けとらなんだそうですな」

奥から声を掛けられた。

「木曾屋の主人が首をかしげておりましたぞ。今どきのお役人にしては、真面目すぎると驚いておりました」

稲美が釣り竿を手に提(さ)げ、ひょっこり顔を出す。

「されど、考えてみれば、町奉行所のお役人が商人の贈り物を受けとらぬのは、あたりまえのすがたかもしれませぬ。元来、武士は清廉であらねばならぬ。それが奇異に映(うつ)るような世の中は、やはり、どこかおかしい。それがしも、ちと考えさせられました。好きな歌を詠みながら、安閑(あんかん)と暮らしてばかりもいられまいと、みずからを戒(いまし)めた次第にござる」

「歌を詠むのはまた、別のはなしにござろう。佃島(つくだじま)の沖合辺りへ行けば、今時分はぼらがわんさか釣れましょうな。いかがです、ぼらで一句」

間髪(かんはつ)を容(い)れず、稲美はうなずく。

「できました」

「早いな」

「獲物逃げ、ぼらのかわりに泡を食う」

「お見事。さすが一席に選ばれる歌詠み名人、それがしには太刀打ちできぬ」

「ご謙遜を。さあ、仕度もできましたゆえ、いざ出陣とまいりましょう」

ふたりで敷居をまたいだところへ、辻角から物々しげにやってくる主従があった。

「あっ、叔父上」

稲美はひとこと漏らし、石地蔵のように固まった。

叔父らしき白髪の人物は、皺顔の従者をしたがえている。

苦しそうに息を切らして近づき、稲美の面前で立ちどまった。

「久方ぶりだな、徹之進」

「はっ、かれこれ十年ぶりかと」

それを聞いて、又兵衛は驚いた。十年ぶりの再会に立ちあうとなれば、奇蹟と言うよりほかにない。

稲美の叔父は、重い溜息を吐く。

「もう、そんなになるか」

「所帯を持ったあと、一度だけお越しいただきました」

「親戚のなかで、おぬしを気に掛けておるのはわしだけじゃと、偉そうには言えぬな。十年も放っておいた罪は重いと言わねばなるまい。されどな、僥倖じゃ。ついに、仇がみつかったぞ」

叔父は懐中に手を入れ、表書きのない文を取りだす。

「読んでみろ。昨日、藩邸の門番へ託された文じゃ。差出人はわからぬが、仇の姓名と所在が書いてある。徹之進よ、おぬしが藩籍を抜かれてから、今年で二十年じゃ。これは天命ぞ。落ちぶれた稲美家の雪辱を果たしてほしいと、亡き父の御霊も望まれておろう」

「はあ」

項垂れる稲美の顔には、苦悩の翳りがみえる。

おそらく、叔父は僥倖ではなく、不幸をもたらそうとしているのだろう。

ただ、そのように察したところで、又兵衛には口を挟む余地はなかった。

叔父がようやく、こちらに気づく。

「おや、釣り人か」

すかさず、稲美が応じた。

「こちらは、平手又兵衛どの、親しくしていただいているお方にござります」

「それは失礼、拙者は稲美徹三郎と申す。岸和田藩の勘定方を長らくつとめておりましたが、三年前に隠居いたしましてな、今はただの老い耄れにござる。されど、侍の矜持だけは失っておりませぬ」

　小鼻をぷっと膨らませ、小太りの叔父は胸を張ってみせる。

　そして、甥の稲美に向きなおり、唐突に声を詰まらせた。

「……と、とりみだしてすまぬ。徹之進よ、仇は手強いぞ。されど、おぬしなら、かならず勝てる。何せ、馬廻り役のなかでも屈指の遣い手だったゆえな。頼む、このとおりじゃ。何としてでも本懐を遂げ、底意地をみせてくれ」

「はっ」

「さればな、吉報を待っておるぞ」

　叔父は涙を拭いて踵を返し、そそくさと去っていく。

　おふくが頭を下げても、目にはいらぬようだった。

「てんてんてまりよ、てんてんてまり……」

　聞こえてきたのは、娘のおさちが唄う手鞠歌だ。

　向日葵を背にして立つ稲美は顔を曇らせ、拳を小刻みに震わせている。

　又兵衛は掛けてやることばもみつけられず、手鞠歌を聴きながら惚けたようにみつめるしかなかった。

五

稲美徹之進は二十年前まで、岸和田藩の馬廻り役であった。ところが、何者かに父を斬られ、仇討ちをするために藩から籍を抜かねばならなかった。

おそらく、そういうことなのだろう。

又兵衛は偶然にも、節目とも言うべき瞬間に立ちあってしまったのだ。

二十年前の経緯や今日までの気の遠くなるような道程を、あの情況で突っこんで尋ねるのは難しかったが、叔父の携えてきた文だけはみせてもらった。

——鈴原倉之輔。

それが仇の名である。

住まいは四谷の鮫ヶ橋らしい。奇しくも、本所吉田町と同じく夜鷹の巣窟と目されるところだ。

もちろん、又兵衛に訪ねる義理はないし、助太刀を買ってでるほど稲美と親しいわけでもない。だが、寝ても覚めても頭に浮かぶのは、稲美徹之進のことであった。おそらく、最初の十年は全国津々浦々を訪ね歩き、必死に仇を捜していたにちがいない。そして、徒労の日々を過ごしたのち、十年を区切りにあきらめもつき、新しく生き直してもよかろうとおもったのであろう。

稲美はおふくと所帯を持ち、子宝にも恵まれた。江戸の片隅で、つましいながらも幸福な暮らしをみつけたにもかかわらず、武士の体面を気にする叔父によって不幸な「僥倖」がもたらされたのではあるまいか。

少なくとも、稲美の表情をみたかぎり、仇討ちを望んでいるとはおもえなかった。

「今さら、そりゃねえだろうっていうのが、正直なところだろうな」

事情を聞いた長元坊も同情を禁じ得ない。

「武士の体面なんぞという錆びついたお題目を持ちこまれても、町人出の女房にしてみたら迷惑なだけのはなしだ。今ごろは、夫婦喧嘩の真っ最中じゃねえのか」

又兵衛は長元坊とふたり、山王大権現社の門前茶屋で冷や素麺を啜っている。

今日は七夕、町屋に軒を並べた家々の大屋根には青竹が林立し、色紙でつくった吹流しや算盤や西瓜や酸漿などが煌めいていた。七夕にはまた、井戸替えや硯洗いといった水にちなんだ行事もおこなわれる。

又兵衛も起きがけに庭で梶の葉を摘み、芋の葉から滴る露で墨を摺り、梶の葉に歌を綴った。

――願わくば、なきことにせよ仇討ち。

稲美の気持ちを代弁したつもりだが、ほんとうのところは本人にしかわからない。他人がとやかく口を挟むことではないし、非情であっても意地を貫くのが侍というものだろう。

自分が稲美ならば、やはり、仇討ちに挑もうとするはずだ。

願望はただの願望にすぎず、過酷な運命は常のように避け難い。

「木曾屋与右衛門の顔を拝んできたぜ」

長元坊は素麺のお代わりを注文し、さらりと話題を変えた。

「顔もかなりの悪相だが、何せ手足が蜘蛛みてえに長え。ありゃ、盗人の成れの果てだな」

「見掛けだけなら、たしかにそうかもしれぬ」

「木曾屋が岸和田藩の御用達になったのは、五年前のはなしだ。そのときに引きあげてもらった重臣がいる。名は小野寺左京、国許の勘定方からとんとん拍子に出世を遂げ、今じゃ江戸藩邸に欠かせぬ勝手方の重臣になっているとか」

「そいつが囲い荷の黒幕だと」

「わからねえ。でもな、木曾屋とは今も昵懇の間柄だ」

じつは、昨晩も二軒茶屋で会食していたという。

「辰巳芸者を何人も呼びよせ、一晩中呑めや歌えやの大騒ぎだったらしいぜ。小野寺ってのは、ありゃかなりの悪党だな。噂じゃ無類の女好きで、廓を貸し切りにしたり、妾を何人も囲ったりしているとか。もちろん、金の出所は木曾屋に決まっている。おめえの言うとおり、囲い荷を指図しているのも小野寺だろうさ。証拠はねえがな、おれの勘は外れたためしがねえ」

ふたりははなしを切りあげ、見世の外に出た。

門前町から北西へ向かうと、鉤の手に曲がった急坂があり、坂の左右には大名屋敷の海鼠塀が聳えている。

「右手に武蔵岡部藩を治める安部家と和泉伯太藩の渡辺家、そして左手は和泉岸和田藩を治める岡部家。三家とも尻にべがつくところから、坂の名も三べ坂、小野寺左京の顔を拝みたいなら、坂の手前左手だぜ」

わざわざ藩邸を訪ねても、会ってもらえそうな人物はいない。

ふたりは坂をのぼって武家地のなかを進み、平川町を抜けて麴町四丁目の大路へやってきた。

四辻の角には、敷居の広い商家が建っている。

うだつの脇には『木曾屋　御用櫛』の屋根看板が見受けられた。

長元坊が露払いよろしく敷居をまたぎ、手代をつかまえて来訪の意を告げる。

しばらくすると、奥から手足の長い主人がすがたをみせた。

大きなからだの長元坊に怪訝な顔をしてみせたが、又兵衛を認めた途端に相好をくずす。

「これはこれは、南町奉行所の平手さまでは。ささ、どうぞおあがりください」

「いや、近所に用があったゆえ、立ち寄ったにすぎぬ。気遣いは無用だ」

丁重に断って刀を鞘ごと抜き、上がり端に尻を下ろす。

しばらくすると、丁稚小僧が茶をふたつ運んできた。

「先日は歌詠みの連にお越しいただき、かたじけのうございました。それにしても、米俵のことは驚きましたな」

「褒賞や褒美を断る不浄役人ほど、めずらしいものはあるまい」

「正直、仰せのとおりにござります。手前ども商人といたしましても、贈り物を受けとっていただくほうがやりやすい」

「さしずめ、わしはやりにくい相手というわけか」

声を出さずに笑うと、木曾屋は慌てて否定する。

「いいえ、けっしてそのような。やはり、お役人は清廉でなければ……あっ、そういえば、稲美徹之進さまのおはなし、お聞きになられましたか」

「いいや、稲美どのがどうしたのだ」

又兵衛がとぼけてみせると、木曾屋は難しい顔でつづける。

「手前が申しあげるのも何なのですが、稲美さまは拠所無いご事情をお持ちでして、この二十年、お父上を斬った仇を捜しつづけてこられたのです。その仇がみつかり、藩のほうでも早々に仇討ちの許しが下されるはこびとか」

「それを誰から聞いた」

「ほんの噂話にござりますよ。岸和田藩に関わりのあるお方なら、どなたでもご存じにござりましょう」

又兵衛は首をかしげる。

「わからぬな。二十年越しの因縁晴らしが、それほど大きな噂になろうとは」

「仇の鈴原倉之輔という人物は岸和田藩きっての頑固者、藩の御留流でもある別伝流居合の達人だったそうです。お役目は勘定方、酒席で手に掛けた稲美さまのお父上とは同役で、しかも、竹馬の友であったとか」

又兵衛は相槌を打ちながら、立ったままの長元坊と目を合わせた。

「何故、鈴原某は酒席で友を斬ったのだ」

「詳しいことは存じあげませぬが、何らかの理由で別の誰かを斬ろうとした。そこへ、咄嗟に割ってはいったのが稲美さまのお父上であったとか」

「つまり、止めにはいって斬られたと」

「はい」

鈴原倉之輔は友を斬り、その場から逃走をはかった。爾来、二十年ものあいだみつからず、よもや生きてはおるまいと誰もがあきらめていたところへ、何者かの手で文がもたらされた。

「主役に躍りでた稲美さまも、ああみえて、じつは別伝流居合の達人であられる。居合の達人同士が生死を賭け、長きにわたる因縁に決着をつけるのだと、藩の方々はいやが上にも盛りあがっておられるご様子で」

「稲美どのもたいへんだな」

木曾屋は眸子を細める。

「二十年ぶりに仇とめぐりあう心境とは、どういうものなのでござりましょう。

稲美さまご本人に伺いたいのは山々ですが、商人風情にさような問いを口にする勇気はございません。はたして、稲美さまは仇討ちを望んでおられるのでしょうか」

「わからぬ。されど、稲美どのの住まう長屋には、遅咲きの向日葵が咲いておった」

「おや、長屋に足をはこばれたのですか」

木曾屋は、ぴくっと眉を吊りあげる。

「手前も月に一度は櫛を取りに伺いますので、向日葵のことは存じております。たしかに言われてみれば、色鮮やかに咲いておりましたな」

「お天道さまに、まっすぐ顔を向けて咲く。稲美どのはどうやら、花のなかで向日葵が一番好きらしい」

「それは初耳にござります」

又兵衛は遠い目をしながら、ぼそぼそつづける。

「以前、剣の師から聞いたことがある。侍とは向日葵のようなものだと」

「はあ」

「不平も言わず、ひたむきに生き、どのような運命も泰然と受けいれる。たとい、命を落とそうとも、それがおのれの人生なのだと納得できる潔さ。灼熱の日差しのもとで咲ききり、秋風が吹けば枯れてゆく。向日葵のように生きぬくことこそが侍の本懐なのだと、師は言うた。稲美どのが向日葵を植えたのは、侍の志を忘れぬためだと、わしはおもう」

「要するに、過酷な運命も泰然と受けいれるご用意があると」

「いつなりとでも死ぬる覚悟を決めておかねばならぬ。侍とは、そうしたものなのさ」

「なるほど、よきおはなしを伺いました」

木曾屋は本心から感じ入ったように、深々と頭を下げる。

「ところで、おぬしに頼みがある。柘植の梳き櫛をひとつ、見繕ってもらえまいか」

静香へ贈るための櫛だ。

又兵衛は袖に手を入れ、小判を二枚取りだした。

六

稲美徹之進が仇討ちに挑むのかどうかもふくめて、あとどれだけの猶予があるのか気になった。

そうしたなか、又兵衛は沢尻玄蕃から名無しの訴状をみせられた。

訴状には木曾屋与右衛門と囲い荷の疑いについて記されてあったが、又兵衛が目を釘付けにされたのは文面ではなく、筆跡のほうだった。何とそれは、稲美にみせてもらった文の筆跡と同じにしかみえなかったのだ。

訴状の文面には名状し難い怒りが込められており、一方、仇の名と所在をしめす文面からはあきらめのごときものが感じられた。それゆえにであろう。訴状と文の両方を綴ったのは、稲美の仇と目される鈴原倉之輔にちがいないと、又兵衛は確信した。

こうなれば、鈴原に会ってみるしかない。

木曾屋を訪ねた三日後の夕刻、又兵衛は意を決して四谷の鮫ヶ橋へ向かった。四谷御門から町屋を抜け、天王横町の坂道を谷底まで下りていく。すると、昼なお暗い谷底に夜鷹の巣窟として知られる淫靡な四六見世が連なり、それと背中合わせに棟割長屋が集まっていた。

木戸番に鈴原の名を告げても、住まいは判然としない。

長屋の住人をつかまえては手当たり次第に尋ね、ようやく所在がわかった。

朽ちかけた木戸を潜り、臭いのきつい溝を通りすぎ、朱の剝げかけた鳥居と耳の欠けた狐の待つ稲荷社に突きあたれば、肥溜めと隣り合わせた長屋のどん尻に狭苦しい部屋がある。

軒下をみれば、朝に咲いて夕には萎む薄紅色の木槿が咲いていていた。

「槿花一朝の夢か」

又兵衛は切ない気持ちでつぶやき、継ぎ接ぎだらけの障子戸を開けた。

「御免、鈴原倉之輔どのはおられようか」

応対に出てきたのは、三十ほどの痩せたおなごだ。

「父は留守にしております」

両手を床につき、消えいるような声で言う。

「娘御か」

「はい、茜と申します」

「それがしは平手又兵衛、稲美徹之進どのの知りあいと申せば、来訪の理由を察していただけようかな」

「仇討ちのことにござりますね」

茜はきっぱりと応じ、表情を強張らせる。

「どなたかがいらっしゃるにちがいないと、覚悟は決めておりました」

「もしや、岸和田藩邸の門番に文を託したのは」

「わたくしにございます。父のしたためた文を預かっていただきました」

「何故、お父上は文を書かれたのであろうか」

「父は二十年の区切りと申しましたが、ひたすら逃げつづけねばならぬ暮らしに疲れたのだとおもいます」

そうであろうなと、又兵衛は同情せざるを得なくなった。

辛(つら)いのは追うほうよりも、むしろ、逃げるほうかもしれない。

茜は上目遣(うわめづか)いに尋ねてくる。

「あの、徹之進さまはご健勝であられましょうか」

「ん、稲美徹之進をご存じなのか」

「稲美家のみなさまとは隣人同士で、幼(おさな)きころは徹之進さまを兄のように慕(した)っておりました」

「それなのに、どうして」

「あんなことになったのか。返す返すも口惜しゅうございますが、すべては浅はかな父のあやまち、まさか、父自身も稲美さまを斬ろうとは、おもいもよらなんだに相違ございませぬ」

いったい、誰をどんな理由で斬ろうとしたのか。

又兵衛は、そのあたりの事情を知りたくなった。

こちらの気持ちを察したかのように、茜が怒りを抑えた口調で告げてくる。

「勘定方に就いていた父は、商人から賄賂を貰って見返りに便宜をはかる上役のやり方が許せませんでした。それゆえ、直談判を申し入れて強意見を述べたところ、卑劣な上役はその日を境にして約一年ものあいだ、父にお役目を与えませんでした。御城に出仕しても、一日中、御用部屋の片隅で写経をするように命じたのでございます。父の心は次第に病んでいき、ついにあの日を迎えました」

茜によれば、本人にもよくわからぬ衝動に駆られ、酒席で上役に斬りつけようとしたのだという。

「気づいたときには、血だらけの稲美さまが足許で絶命しておられた。父はとりみだし、その場から逃げだすしかなかったのでございます」

淡々と語りつづける茜のことを、又兵衛は芯の強い娘だとおもった。

この二十年、父はけっして悪くない、悪いのは理不尽な上役なのだと、みずからに言い聞かせてきたのだろう。それでも、親しかった稲美の父親を斬った経緯を告げる段になると、涙声になってしまう。

「わたくしはこれ以上、父が苦しむすがたをみとうはございませぬ」

罪の重さに潰されそうになりながらも、必死に耐えている娘の心情が手に取るようにわかった。

肝心なことを聞かねばならない。

「茜どの、上役の名をお教え願えぬか」

「はい」

少し間を置き、茜は意外な人物の名を口にした。

——小野寺左京。

という名を聞き、又兵衛は低く唸るしかない。

長元坊の調べで、小野寺左京なる重臣が木曾屋与右衛門と通じているとわかった。ひょっとしたら、囲い荷をやらせている黒幕ではないかと疑っている張本人なのである。

小野寺は二十年前、理不尽なやり方で配下の鈴原倉之輔を窮地に追いこんだ。凶事のきっかけをつくった人物と言ってもよかろうし、小野寺の陰湿ないじめさえなければ、仲のよい隣人同士が悲惨な因縁の糸で結ばれることもなかった。

討たれるべきは小野寺左京なのだと、茜は訴えたいにちがいない。

もちろん、首を突っこむはなしではないが、この仇討ちは止めさせたほうがよいと、又兵衛はおもった。

討ったほうにも、討たれたほうにも、苦いおもいが残るだけのことだ。

浅薄な意地を張って目途を果たしても、侍として本懐を遂げたことにはならぬ。

そんなふうに、あれこれ考えていると、突如、背後に殺気が走った。

振りかえれば、白髪交じりの浪人が佇んでいる。

すっと腰を沈めたので、おもわず、又兵衛は右手を翳した。

「待たれよ。それがしは平手又兵衛、稲美どのの知りあいにござる」

すっと、殺気が消えた。

全身の毛穴から、汗が吹きだしてくる。

「さすが、別伝流居合の達人、鈴原倉之輔どのだ。鞘の内で斬られたやにおもいましたぞ」

「おぬし、稲美徹之進の使いか」

「いいえ、みずからの意思でまいりました。仇討ちを止めさせるにしても、事情を知らねばなりませぬからな」

「仇討ちを止めさせるだと。おぬし、何を申しておる。さようなことが、許されるはずもなかろう」

「おたがいの気持ちが折りあえば、止める道もございましょう」

「あり得ぬ。侍ならば、止める道などあり得ぬ」

「かしこまりました。されど、すでに凶事から二十年が経ってております。稲美どのにはご妻子がおありです。相手にも新しい暮らしがあることをお忘れなきよう」

　藩随一の頑固者と称されていた男は、苦虫を嚙みつぶしたような顔をする。

「それで、おぬしは何をしにまいったのだ」

「じつはそれがし、南町奉行所の与力をつとめております。先だって、奉行所に名無しの訴状が届けられました。岸和田藩の御用達、木曾屋与右衛門の囲い荷に関わる訴えにござる」

　鈴原はおもわず、眸子を瞠った。

　その顔をみれば、問わずともわかる。

「訴状を書かれたのは、あなたですね」

「……い、いかにも」

「訴状には、木曾屋の囲い荷を調べよとしか書かれていなかった。何か、摑んでおられるのか」

鈴原は、こほっと咳払いする。

「隠し蔵の見当はついておる」

「ほう、それをお教えいただけませぬか」

「今はできぬ」

「それがしを信用できぬと」

「すまぬが、そのとおりだ」

わからぬではない。突如あらわれた不浄役人を信じろと言うほうが無理なはなしであろう。

「木曾屋と小野寺左京との関わりについて、何か仰りたいことはおありか」

「木曾屋が御用達になったのは五年前だが、小野寺との関わりは二十年前からつづいておる」

「されど、囲い荷を命じている証拠は摑んでおられぬと」

「外から調べるのは難しゅうてな」

又兵衛は、じっと相手の目をみつめた。

「まことは、小野寺左京の不正を糾弾したいのではありませぬか」

「何故、そうおもう」

「茜どのに二十年前の経緯をお聞きし、そのように合点いたしました。されど、小野寺の悪事をしめす証拠は、いまだ何ひとつございませぬ」

　鈴原は溜息を吐く。

「さようか。やはり、藩の不祥事ゆえ、町方には調べられぬか」

「隠し蔵に櫛の山がみつかれば、町方で裁かぬ道理はありませぬ。何せ、和泉櫛の囲い荷は、江戸に暮らす人々にとっても見過ごせぬ悪事にございますゆえ」

「まこと、さようにおもわれるか」

「はい。されど、それと仇討ちとは別のはなしにござる」

「いかにも、そうではあるがな」

「仇討ちに託けて、来し方の恨みも晴らそうとなされたのか。だとすれば、少々、焦りすぎにござろう。囲い荷の件はこちらでお調べいたしますゆえ、その気になったら隠し蔵の所在をお教えいただきたい。仇討ちについては、稲美どのから返答があったら、すぐさま、それがしにお知らせくださりますよう、伏してお願い申しあげる」

又兵衛はお辞儀をし、茜にも目配せを送る。

鈴原倉之輔は複雑な表情を浮かべつつも、こちらの誠意だけは伝わったようで、額が膝にくっつくほど深々と頭を垂れた。

七

二日後の十二日は草市、明日からはじまる盂蘭盆会に備え、苧殻や間瀬垣や竹などといった霊棚の材料にくわえて、寺社境内には盆花などを売る市が立ち、大勢の人で賑わっている。

厳しい残暑のなか、又兵衛は山王権現社の門前から三べ坂へ向かった。

鈴原倉之輔によれば、小野寺左京は二十年もまえから木曾屋与右衛門と通じていたらしい。仇討ちの原因となった凶事もふくめて、二十年前の出来事をもっと詳しく知りたいとおもった。

調べるとなれば、岸和田藩の書庫に眠る帳面に当たってみる以外にない。閲覧を依頼できそうな相手は、稲美徹之進の叔父くらいしかいなかった。

もちろん、たった一度挨拶を交わした程度で、気安く会ってもらえるとはおもっていない。

しかし、こうと決めたら、駄目元で突っこむ。

肝心なとき、又兵衛は常人にはない大胆さと粘りをみせる。

岸和田藩の上屋敷を訪ねると、叔父は会うだけは会ってくれた。が、予想どおり、藩邸内の隠居部屋で面と向かっても、甥の釣り仲間としかおもっていない様子だった。

「ほう、町奉行所の与力どのでござったか。されど、隠居した拙者なんぞに何用でござろう。まさか、徹之進に頼まれて、仇討ちを止めにまいられたとか」

「いえいえ、御家にとって仇討ちは二十年来の宿願、それがしごときの口出しすることではござらぬ」

疑り深い眸子で睨まれたので、又兵衛は慌てて弁解した。

「伺ったのは、それがしの一存にござります。甥御はだいじな釣り仲間ゆえ、二十年前の出来事を詳しく伺いたいとおもいまして」

「甥のことを案じていただき恐縮ではござるが、鈴原倉之輔が甥の父、いや、拙者の兄を斬ったという以外に、おはなしすることは何もござらぬ」

「鈴原どのは、小野寺左京なる上役を斬ろうとしたのだそうです」

「えっ、誰がそのようなことを」

叔父は戸惑いながらも、身を乗りだしてくる。

又兵衛は正直にこたえた。

「それがし、じつは鈴原倉之輔どのに会ってまいりました。酒席でまことは誰を斬ろうとしたのか、ご本人ではなく、茜どのと申す娘御にお教えいただいたのです。勝手なことをして申し訳ありませぬ。ただ、伺ったおかげで確かめることができました。仇の所在を報せる文をしたためたのは、鈴原どのご本人にございます」

「何と」

叔父は仰天し、飛びだしかけた入れ歯を指で押さえこむ。

又兵衛は相手の問いを先取りし、はなしをつづけた。

「何故、鈴原どのはみずから名乗りでたのか。逃げつづける暮らしに疲れ、侍らしく正々堂々と決着をつけたくなったのでござりましょう。無論、竹馬の友でもあった稲美どのを斬ったことを悔いる思いは強い。と同時に、小野寺左京への恨みも消しようがないものとお見受けしました」

「小野寺さまへの恨み」

「はい。強意見を述べたという理由で、一年も写経ばかりやらされたら、誰であっても恨みを募らせましょう」

「鈴原が一年も写経をやらされたと」

稲美の叔父は皺首(しわくび)をかしげる。

「ご存じなかったのですか」

「知らぬ。小野寺さまが、まさか、配下にさような仕打ちをしておったとは」

「常人であれば、ひと月と保(も)たなかったに相違ない。されど、鈴原どのは一年も耐えしのんだあげく、ついに堪忍袋(かんにんぶくろ)の緒(お)を切らせてしまった。じつを申せば、それがしは小野寺左京の不正を調べております」

稲美の叔父は口を噤(つぐ)んだ。おそらく、何か知っているのだろう。

「何故、町方が首を突っこむのかと、ご不審にございましょう。されど、是非ともご助力いただかねばなりませぬ。調べの内容によっては、岸和田藩の浮沈に関わる重大事になるやもしれませぬぞ」

「藩の浮沈じゃと」

叔父は眸子を剝(む)いた。脅(おど)しの効果は抜群だ。少しばかり後ろめたい気もするが、ここは遠慮する場面ではない。

「そうならぬためにも、真実をはっきりさせねばなりませぬ。小野寺左京について、何かよからぬはなしは聞いておられませぬか」

叔父はしばし考えたのち、重い口を開く。

「小野寺さまについては、悪い噂が絶えぬ。されど、あの御仁は誰も与りしらぬ打ち出の小槌を携えており、何処かしらから藩に儲け話を持ってくる。それゆえ、一介の蔵役人からとんとん拍子に出世し、今や勝手を牛耳る重臣にまでなった」

小野寺が出世の手蔓を掴んだ逸話は、古株の藩士のなかでは今も語り草になっているという。

「忘れもせぬ、今から二十二年前、国許で一大事が勃こった。御城の御金蔵が何者かに破られ、五千両もの大金が盗まれたのじゃ。御蔵奉行と宿直の番士数名は責を問われて切腹したが、数日後、蔵役人のひとりが執念で盗人のひとりを捕まえてきた。五千両は戻らなんだが、盗人を捕まえたことでどうにか面目だけは保った恰好になり、蔵役人は一足飛びに御蔵奉行へと出世した。誰あろう、それが小野寺さまじゃ」

「つまり、御金蔵破りの盗人を捕まえたことが、出世の契機になったと」

「ああ、そうじゃ」

又兵衛は、えらく興味を惹かれた。

「小野寺左京が捕まえた盗人は、どうなったのでしょうか」

「打ち首じゃ。捕まったその日にな」

解せない。仲間がいるなら責め苦を与えて吐かせようとするだろうし、盗んだ金の在処も聞きだそうとするはずだ。

「捕まえたときには深傷を負っており、まともに喋ることもできず、助かる見込みはなかったと聞いておる」

「盗人の名や特徴は、おぼえておられますか」

「忘れたな。さすがに、二十二年前の出来事じゃ」

「当時の記録が残っていたら、是非とも目を通したいのですが」

必死の形相で懇願すると、叔父は得意げな顔をする。

「あるかもしれん。隠居前の数年、わしは古い帳面の整理を任されておった」

藩邸内の書庫が御用部屋代わりだったと聞き、又兵衛は胸の裡で快哉を叫んだ。

「しばし、お待ち願えようか」

叔父は部屋から出ていき、四半刻（約三十分）ほどのちに意気揚々と戻ってきた。

小脇には黄色く焼けた冊子を何冊か抱えており、さっそく畳に積んでみせる。

「二十二年前の裁許帳じゃ。国許の公事方が扱った案件が克明に記されておる。御金蔵破りについても綴られておるはずじゃ」

又兵衛は冊子をみせてもらい、一枚ずつ紙を捲りながら記録を探しはじめた。相当な困難が予想されたものの、年代や日付順にきっちり整理されているので、探しあてるのにさほど苦労はしなかった。

「ふふ、整理したのはわしじゃ」

「感謝いたします」

又兵衛は顔をあげずに礼を言い、御金蔵破りに関する記述に目を貼りつける。

「おっ、ござりました」

みつけたのは、小野寺左京が捕まえた盗人に関する記載だ。

「ささがにの与五郎、泉州無宿で齢は三十三とござりますね」

「おもいだした。ささがにとは、蜘蛛のことじゃ。手足の短い男にもかかわらず、どうして蜘蛛の綽名で呼ばれておったのか、不思議におもったのをおぼえておる」

又兵衛は黙った。

「どうかしたのか」

問われても、気づかない。引っかかるのは「ささがに」という綽名だ。

「平手どの、どうされた」

もう一度尋ねられ、はっと我に返る。

「じつは、年恰好（としかっこう）といい、手足の長い外見といい、ささがにの異名にぴたりと一致する者を存じております。もしかしたら、おわかりかも」

「ためしに、聞いておこうか」

「櫛問屋の木曾屋与右衛門にござります」

「木曾屋なら知っておる。藩の御用達ゆえな」

「主人の与右衛門をご覧になったことは」

「ないな」

「手足が恐ろしく長い男にござります。それこそ、蜘蛛のように。しかも、二十年ほどまえから小野寺左京と懇意（こんい）にしているとか。ひょっとしたら、打ち出の小槌とは木曾屋のことかもしれませぬぞ」

叔父は、ぎろりと眸子を剝いた。

「わからぬな。おぬし、何が言いたい」

「ここからさきは、当て推量でしかございませぬが、それでもよろしければ」

「聞かせてくれ」

「されば」

又兵衛は座り直し、襟を正した。

「小野寺左京が捕まえたのは、ささがにの与五郎の替え玉だった。本物の与五郎はまんまと五千両を手にし、その金を元手に櫛屋になった。そもそも、御金蔵破りは容易いものではございませぬ。ただ、蔵役人のなかで手引きした者があったとすれば、存外に難しいものではなくなる。かりに、手引きしたのが小野寺だったとすれば、替え玉を捕まえる手柄をあげたことや、そののちに異例の出世を遂げたこと、さらには、木曾屋を御用達に引きあげたことなど、すべての説明がつくかもしれませぬ」

「なるほど、言われてみれば、いちいち納得はできる」

「されど」

「あくまでも当て推量でしかないということか」

「はい、おそらく、証明は難しかろうかと」

「いかにもな」

叔父はがっかりしたが、又兵衛は光明を見出したとおもった。囲い荷の不正を暴きだすことができれば、木曾屋の正体や小野寺左京との腐れ縁もあきらかにできるにちがいない。要は、本人たちに糾せばよいのだ。

「どうじゃ、少しは役に立ったかの」

胸を張る叔父に向かって、又兵衛は大きくうなずいた。

これほどはなしのわかる人物ならば、仇討ちのこともあきらめてくれるかもしれぬなどと、詮無いことを考える。

こちらの心情を読みとったかのごとく、叔父は淋しげに微笑んでみせた。

「ご覧のとおり、わしはただの老い耄れじゃ。されどな、徹之進に許してもらえるようなら、助太刀をしたいとおもうておる。この身を盾にすれば、少しは勝機があがるやもしれぬゆえな」

止めてほしいという台詞が口から出かかったものの、やはり、他人が口を挟むはなしではないと、又兵衛はみずからに言い聞かせた。

八

十三日の夕には霊迎えの迎え火を焚き、静香や両親をともなって近くの檀那寺へ参った。

盂蘭盆会の最中、武家では門を押し開き、家人は麻裃を着て祖霊を迎え、一方、町屋では家人も奉公人も戸外に並び、鉦を打ち鳴らして称名を唱える。夜になれば、布施僧が銅鑼や木魚を鳴らしたり念仏を唱えながら往来を歩き、鉢貰いや物乞いも市中をまわって施しを受けた。

家々の軒には切子灯籠や白張提灯がぶらさがり、沿道のそこかしこでは盆踊りがおこなわれる。なかでも、小町踊りはみていて楽しい。着飾った幼い娘たちが手を繋いで町中を練り歩き、人々の喝采を浴びるのだ。

「ぼんぼんぼんの十六日におえんまさまへまいろとしたら、数珠の緒が切れて鼻緒が切れて、なむしゃか如来手で拝む……」

家の門に送り火を焚く十六日の藪入りは閻魔の斎日でもあり、又兵衛は閻魔にちなんだ娘たちの盆歌を聴きながら、義理の両親に長寿延命を願って刺鯖を献上した。みずから包丁を握って、二尾の鯖を背開きにし、ひと塩にしたあと、二枚重ねて串でひと刺しにし、箸をつけてもらうことで両親の寿を祝うのだ。

「願わくば父母をして、寿命百年病なく、いっさい苦悩の患いなからむ」

呪文のように唱えつつ、生御霊の刺鯖という行事をはじめておこなった。

静香に感謝されたのは言うまでもない。季節の行事をひとつずつ丁寧におこない、ともに同じ時を過ごしていけば、自然と絆も深まっていくような気がして、亡くなった両親にも感謝したくなる。

今年の盂蘭盆会は例年よりもいっそう、仏壇に手を合わせる真剣味が増したように感じられてならなかった。

盆明けの十七日夕、役目を終えて屋敷へ戻ると、静香が玄関先で待ちかまえていた。

「さきほど、鈴原茜さまと仰るお方がみえました。この文をお渡しくださいとのことです」

手渡された文には、場所だけが記されてあった。

——渋谷宮益坂下。

あきらかに、鈴原倉之輔の筆跡だ。

隠し蔵の所在を教えてくれたものと合点し、さっそく、又兵衛は動いた。

長元坊を誘って赤坂御門（あかさかごもん）へ向かい、青山百人町（あおやまひゃくにんちょう）の星灯籠（ほしどうろう）を眺めながら、暮れなずむ青山大路を西へ進む。左右を大名屋敷に挟まれた大路を抜ければ、周囲に田圃（たんぼ）しかない坂へたどりついた。

「宮益坂だぜ」

勾配（こうばい）のきつい坂道を下りていくと、古びた蔵がぽつんと二棟（むね）並んでいる。

「たぶん、あそこだな」

敷地の正面には番小屋（ばんごや）があり、強面の連中も詰めていた。

「木曾屋め、番犬を雇っているようだぜ。又、どうする」

長元坊は番犬の数を勘定し、こちらもみずに尋ねてきた。

「ざっとみたところ、七、八人はいるぜ。番犬どもの目を盗んで忍びこむか、それとも眠らせてから忍びこむか、どっちにする」

できれば、みつかりたくはない。証拠の品を確かめることができれば、捕り方を差しむけることもできようし、木曾屋を囲い荷の罪で裁けるはずだ。与右衛門を捕らえて責め苦を与えれば、小野寺左京との黒い繋がりもあきらかにできるかもしれない。

「まずは、証拠を掴むのが先決だ。そっと忍びこもう」

「ちっ、面倒臭えほうを選びやがって」
敷地はぐるりと塀に囲まれている。
裏へまわり、侵入できそうな隙間をみつけた。
ふたりでどうにか通りぬけ、暗闇のなかを蔵のほうへ進む。
蔵のひとつに取りついたが、頑丈そうな扉には錠前がついていた。
長元坊が歩み寄り、月明かりを頼りに調べてみる。
「これなら、開けられそうだな」
懐中から革袋を取りだし、適当な細さの鍼を抜きとった。
鍵穴に差しこみ、がちゃがちゃやると、錠前は見事に外れた。
「へへ、やったぜ」
又兵衛は褒めもせず、重い扉を慎重に開ける。
敷居の向こうは漆黒の闇、携えてきた龕灯に火を点けた。
黴臭い蔵のなかを照らしだすと、木箱が山積みにされている。
近づいて木箱の蓋を外し、中味の品を確かめてみる。
油紙に包まれた櫛だった。
別の木箱の蓋を外しても、やはり、油紙に包んだ櫛が詰めてある。

広々とした蔵ふたつぶん、山積みの木箱に詰められた櫛はとんでもない数になるだろう。

あきらかに、囲い荷であった。

捕り方が踏みこめば、言い逃れはできまい。

「こいつはすげえ、大手柄じゃねえか」

興奮する長元坊のかたわらで、又兵衛も冷静さを失いかけていた。

ふたりは木箱を元に戻し、蔵の鍵も掛け、抜き足差し足で塀の外へ逃れた。

念のために番小屋の様子を遠目から確かめ、何事もなかったかのように帰路をたどったのである。

青山百人町の星灯籠を見上げながら、長元坊がはなしかけてきた。

「又よ、仇の言ったことは正しかったな」

「ああ」

「おめえを信用した。というより、ほかに頼る相手もいねえし、おめえに賭けたんじゃねえのか」

もちろん、そのとおりだろう。

鈴原倉之輔の期待には、こたえてやらねばならない。

「目の細え内与力に上申すんのか。それなら、早えほうがいいぞ」

「ああ、わかっておるさ」

敵が勘づいて木箱をほかへ移すまえに、捕り方に命じて踏みこませねばならぬ。

八丁堀に戻ったその足で、又兵衛は沢尻の屋敷を訪ねようとおもっていた。

途中で長元坊と別れ、楓川に架かる弾正橋を渡る。

風もないのに、川面に映る月が歪んでみえた。

めざす屋敷が近づくにつれて、手柄をあげた嬉しさよりも、獲物を逃す不安のほうが膨らんでいく。

はたして、沢尻はどのような反応をみせるのか。

夜更けゆえに会わぬと、門前払いされることもなくはない。

最悪の事態も念頭に置きつつ、屋敷の門に近づいていった。

ふうっとひとつ息を吐き、固めた拳で冠木門を敲く。

――どんどん、どんどん。

しばらくすると、脇の潜り戸から門番らしき小者が提灯と顔を差しだした。

「例繰方の平手又兵衛だ。急用があってまいった。沢尻さまに取り次ぎを」

「かしこまりました。されば、玄関でお待ちを」

小者の招きで潜り戸を抜け、飛び石を伝って玄関口へ達する。

さほど待つこともなく、さきほどの小者が戻ってきた。

「こちらへどうぞ」

「すまぬ」

敷居をまたいで雪駄を脱ぎ、案内された玄関脇の六畳間へ身を入れた。

すでに、行燈の火が灯(とも)っている。

下座で待っていると、着流し姿の沢尻があらわれた。

「かような夜更けに何用じゃ」

のっけから機嫌が悪いのは、寝入(ねい)り端(ばな)を起こされたせいだろう。

怯(ひる)んでなどいられない。

「密命の件にござります。隠し蔵をみつけました」

声に力を込めると、沢尻は黙り、手許に痰壺(たんつぼ)を引きよせる。

そして、喉(のど)に絡んだ痰を、ぺっと威勢よく吐きすてた。

「それはあれか、岸和田藩絡みの訴えか」

「いかにも、御用達の木曾屋が渋谷宮益坂下に蔵を二棟抱えておりました。それがし、さきほど、忍びこんでまいったのでございます。蔵のなかには、和泉櫛を満載にした木箱が山積みにされておりました。囲い荷の証拠にございます。今すぐにでも出役の許しを得ねばと、ご迷惑も顧みずに罷り越した次第」

「待て、今からは無理じゃ。何刻だとおもうておる」

「されど」

「わしの一存で指図できるとおもうのか。まずは明日、御奉行に上申して指図を仰がねばならぬ」

何を悠長なことを抜かしているのだと、怒鳴りたくなったが、ぐっと怒りを抑えた。

「沢尻さま、ここは一刻の猶予もなりませぬ。是非とも、今宵のうちにご手配を」

「申したであろう。御奉行の許しを得ねばならぬと。それにな、町奉行所の捕り方が勝手に乗りこむわけにはまいらぬ」

「えっ」

「わからぬのか。岸和田藩の体面を立ててやらねばなるまい」

「……ど、どういうことにござりましょう」

「かねてより繋がりのある御留守居役に、まずは、はなしを通してからじゃ。悪巧みの絵を描いたのが重臣ならば、藩の浮沈にも関わってこよう。やはり、こうした案件は内々で裁いてもらうにかぎる」

「お待ちください。和泉櫛の値が不当に吊りあがれば、困るのは江戸市中に暮らす人々にござります。これは岸和田藩一藩のことではござりませぬ。沢尻さまも、そう仰ったではありませぬか」

「さようなことを言うたか。わしはおぬしに、訴状の中味を調べてみよと命じただけじゃ」

「そんな」

「不満のようだな。ふん、おぬしがそこまでちゃんとやるとは、正直、おもうてもみなんだわ。まあよい、おぬしの役目はここまでじゃ。あとはわしに任せておけ」

又兵衛は乾いた唇を嘗めた。裏切られたも同然のように感じ、ぎりっと奥歯を噛みしめる。

「おい、何じゃその顔は」

沢尻は首を伸ばし、細い目を無理に開けようとする。

「まかりまちがっても、御奉行のもとへ直々に訴えようなどとおもうなよ。それだけは念押ししておくぞ」

もはや、何も聞こえていない。沢尻に任せておいても、この一件はまえに進まぬ。そんな予感がはたらいた。

「目が赤いぞ。疲れておるのであろう」

「いいえ、疲れてなど」

「強がりを申すな。家に帰って寝るがよい」

沢尻はふわりと立ちあがり、欠伸(あくび)を嚙み殺しながら出ていった。

ひとり残された又兵衛は、報(むく)われぬ役目の辛さをしみじみと味わうしかなかった。

九

翌日に出仕しても沢尻に上申した気配はなく、二日目になっても事態は動かない。

「いったい、どうなっていやがるんだ」

長元坊に怒りをぶつけられても、又兵衛は応じるべきことばを失っていた。

何度か沢尻に面談を求めたが、忙しいの一点張りで会ってもくれない。

いよいよ三日目になり、業を煮やした又兵衛は奉行の筒井に直談判すべく、出仕してすぐのち、御用部屋に通じる廊下を渡った。ところが、奉行は部屋におらず、連絡役の若い与力に聞けば、たぶん、裏の書庫にいるという。

さっそくそちらへ向かい、股立ちを取って替えの雪駄を履いていると、ちょうどそこへ、ぼろぼろの冊子を小脇に抱えた筒井が戻ってきた。

「ご苦労」

筒井はさりげなく言い、雪駄を脱いで廊下へあがる。

又兵衛は砂利のうえに平伏し、おもいきって声を掛けた。

「伊賀守さま、お待ちくだされ」

「ん、何じゃ」

「囲い荷に関する訴え状の一件で、ご報告いたしたきことがござります」

「おぬしはたしか、例繰方の与力であったな」

「はっ、平手又兵衛にござります」

「おう、そうであった。して、何故、例繰方のおぬしがさようなことをいたす。訴え状の調べは、内与力に命じておったはずだが」

「仰せのとおりにございます」

「内与力を飛ばして直談判か。それは、まずかろう」

「はっ」

筒井はこちらに顔を向けず、廊下のさきをみながら言った。

「おぬし、痩せ我慢の極意というものを知っておるか」

「……い、いいえ」

「ならば、教えてつかわす。言いたいことを言わず、歯を食いしばって耐えてみせる。それもな、公儀に仕える者のつとめじゃ。奉行所のなかに風がまったく通らぬのはまずいが、風通しがよすぎるのも考えもの。そのあたりの塩梅が、じつに難しいというはなしよ」

「はっ」

「綸言汗のごとしという格言もあるが、綸言にかぎらず、口から一度出したことばを引っこめることはできぬ。おぬしのことば次第では、内与力が腹を切らねばならぬやもしれぬ。おぬしとて、無事では済むまい。そこまで考えたうえでのことなら、聞いてやってもよいぞ」

荘厳な寺で禅問答をしているかのようでもあった。

又兵衛は赤面し、黙って筒井の背中を見送るしかなかった。

鬱々とした気分で屋敷に帰ってみると、稲美徹之進から会いたい旨の言伝があった。

夕刻、指定された永代橋東詰めの料理茶屋へ出向いてみると、勇み肌の連中が大川端で水垢離をしている。

冷えたからだを温めるべく、何人かの者が水茶屋へあがってきた。

褌姿の稲美もいる。

水茶屋の名物は湯豆腐で、暑い時期でも大鍋を沸かし、水垢離でからだの冷えた連中に熱々の湯豆腐を食わせてくれた。

稲美は湯気といっしょに豆腐を食いながら、いよいよ仇討ちの日取りと場所が決まったと、快活に告げてきた。水垢離までするほど悩みぬいたにちがいないのだが、そうした気配は微塵も感じさせず、あまりにもこざっぱりとした表情なので、拍子抜けしてしまう。

仇討ちなど止めたほうがよいと説得するつもりだったが、又兵衛は最後まで口に出すことができなかった。

それどころか、仇討ちの見届け役を頼まれたのである。

「叔父からは助太刀の申し出があり、藩からは検分役を出すとのお達しがござりました」

だが、稲美はどちらも受けるつもりはないという。相手の鈴原倉之輔も大袈裟なことは望んでおるまいというのが理由で、そうと聞けば又兵衛も意気に感じぬわけにはいかない。

見届け役を引き受け、翌日の夕刻を迎えた。

場所は平川天神（ひらかわてんじん）南の馬場、三べ坂を下ったさきなので、相対するふたりにとっても馴染みの地らしかった。

稲美は平川天神の撫（な）で牛（うし）に触り、願掛けをしてから来ると聞いていた。

だが、定めた七つ刻（午後四時頃）の少しまえに着くと、すでに、稲美も鈴原も苔生（こけむ）した馬頭観音（ばとうかんのん）を挟んで対峙（たいじ）していた。

双方ともに着流しで、鉢巻（はちまき）も襷掛（たすきが）けもしていない。

まるで、親しい友が再会したかのような奇妙な光景だった。

「平手どの、かたじけない」

稲美が遠くから声を掛けてくる。

又兵衛は草叢（くさむら）を小走りに近づき、馬頭観音の手前で足を止めた。

鈴原も見届け役のことを聞いており、こちらに微笑んでみせる。

気のせいであろうか、先日会ったときより、十ほども若くみえた。

頭髪の白さは隠せぬので、親と子が向かいあっているようでもある。

「徹之進よ、大きゅうなったな」

鈴原は眸子を細めた。

今から二十年前、稲美は十五、鈴原は三十五、仲のよい隣人同士であれば、それまでにいたる思い出も数多くあったにちがいない。

「おぬしの襁褓も替えてやった。よくぞ、立派に育ったものよ。されど、わしはおぬしの父を斬った。そのせいで、稲美家の方々に多大な迷惑をお掛けし、おぬしにも塗炭の苦しみを与えた。しかも、わしは卑怯にも、二十年の長きにわたって逃げつづけた。何故、逃げつづけたのか。理由は小野寺左京だ。あやつだけは許せぬ。この手で葬りたかったが、好機を逸した。されど、言い訳にはならぬ。おぬしにとって、わしは紛うかたなき仇ゆえ、何ひとつ遠慮することはない」

殷々と口上を述べ、鈴原はさっぱりした顔になる。

「徹之進よ、わしに何か言いたいことはないか」

問うても、稲美は首を振るだけだった。

すでに、覚悟はできているのだろう。

「されば、まいろう」

鈴原が爪先を躙りよせ、稲美も同じ呼吸で間合いを詰める。

無論、居合同士の勝負ゆえ、どちらも刀を抜こうとしない。

別伝流居合には、四尺に近い長尺刀を瞬時に抜く「抜き卍」なる奥義がある。又兵衛の修めた香取神道流にも、鯉口を左手で握って引き絞る「鞘引き」の抜き技があり、極めるには血の滲むような鍛錬を要する。ゆえに、別伝流の「抜き卍」がいかに難しいかは肌でわかっていた。

居合はさきに抜いたほうが負けとよく言われるが、生死の間境に立たされたとき、相手より遅れて抜くことの難しさは想像を絶するものがあろう。

いずれにしろ、勝負はひと抜き、一瞬で決まる。

又兵衛は瞬きもせず、ふたりの動きを見守った。

掌に汗が滲んでくる。

静かな殺気とともに、間合いは五間に近づいた。

止めろと一喝するなら、今が最後の機会だろう。

気を殺がれた両者は、刀を納めてくれるかもしれない。

いや、それは事情を知ってしまった者の身勝手な願望にすぎぬ。

おのれも侍の端くれなら、それが無意味であることくらい、承知しているはずではないか。

生死を賭けた者同士の斬りあいに、水を差すわけにはいかない。

又兵衛は口を開かず、機を逸した。

あとは石地蔵のごとく、勝負の行方を見守るしかなかろう。

ふたりは撃尺の間合いを踏みこえ、じっと動かなくなった。

又兵衛は息をするのも忘れている。

「はっ」

さきに抜いたのは、鈴原のほうだ。

わずかに遅く、稲美が抜いた。

煌めく白刃は、重なりあうこともない。

鈴原の太刀筋は刺し面で、わずかに外れて相手の鬢を削った。

と同時に、稲美の一刀はやや沈み、相手の脇胴を抜いている。

勝負あった。稲美の勝ちだ。

がくっと、鈴原は片膝をつく。

ところが、倒れない。

驚いたのは、鈴原自身であった。

顔をあげると、稲美がさきに喋った。

「わざと負けるおつもりでしたね」

「おぬしこそ、その刀、刃引刀ではないか」

又兵衛は力を抜き、詰めていた息を吐きだす。

安堵しすぎて、両膝を地べたにつきかけた。

稲美には、わかっていたにちがいない。

鈴原が死ぬ気だと、看破していたのだ。

「……よ、よいのか、これで」

鈴原は脇腹を押さえ、涙目を向ける。

「茜どのを悲しませたくはありませぬ」

稲美はそう言い、にっこり笑った。

「あなたは死んだ。藩には、そう言っておきます」

「藩役人の検分抜きでは、仇討ちは正式に認められぬぞ。そうなれば、おぬしは籍を戻してもらえまい」

「藩に戻る気はありませぬ」

「本気で言うておるのか」

「本気です。長屋暮らしのほうが、わたしには合っております」

「さようか。ならば、おぬしのおもいを受けとらねばなるまい」

二十年という歳月が、こうした結末を導いたのかもしれない。

又兵衛はふたりのやりとりを聞きながら、見届け役に選ばれたことを感謝せずにはいられなかった。

十

翌夕、稲美徹之進の叔父が八丁堀の屋敷にやってきた。

沈痛な顔をしているので、何事かと問えば、弔問につきあってほしいという。

とりあえずは客間に招きいれ、呑み物で喉を潤してもらい、気持ちが落ちつくのを待って事情を質した。

叔父は吐きすてる。

「鈴原倉之輔が死んだのじゃ」

「えっ」

午過ぎのことであったという。

三べ坂にある岸和田藩邸の門前は騒然となった。

野次馬と化した藩士たちに交じって門前へ向かうと、瀕死の深傷を負った鈴原が地べたに正座し、脇差を抜いたところだった。

一部始終をみた者に聞けば、鈴原は辻角から鬼の形相であらわれ、外出先から戻ってきた重臣に斬りかかったという。重臣の名は小野寺左京、鈴原は積年の恨みを晴らすべく、一か八かの手段に打ってでたのだ。

ところが、手練の従者たちに阻まれ、宿願を果たせなかった。鈴原の力をもってすれば従者たちを葬るのは容易であったが、無駄な殺生を避けようとしたためか、頑強な壁を突破できなかったのだ。しかも、小野寺は管槍の名手にほかならず、逆しまに槍の穂先で胸を突かれ、瀕死の深傷を負わされた。

「わしがみたのは、そこからじゃ。鈴原は藩邸に向かって長年にわたる不忠を詫び、あの世で小野寺左京に一矢報いたいと言いはなつや、左手で襟を開いて白い腹を晒し、右手で握った脇差を左脇腹に突きたてた」

ぐいっと右脇へ一文字に引きまわし、脇差の刃を引き抜くや、今度は臍の下にぐさりと突きたてる。夥しい血を撒き散らしながらも、震える両手で刃を握り、臍の上まで割いたところで絶命したのだという。

「戦乱の世でもあるまいに、十文字の割腹など、はなしにも聞いたことがないわ。人の持つ執念の凄まじさを目の当たりにし、わしは震えを止められなくなった。ほかの連中とて、そうであったろう。鈴原倉之輔はけっして、卑怯者ではない。兄の仇と恨んでいたわしが、そうおもったのじゃからな。最期に侍の意地をみせたのだと、誰もが感銘を受けたに相違ない」

一方、命を狙われた小野寺左京はどうしたのかと言えば、目付にたいして屍骸を早々に始末せよと命じたらしい。凶事の顚末を殿様の耳に入れたくない様子で、屍骸を何処かへ移させたあと、血腥い辺り一帯に大量の塩を撒かせたという。

「覚悟の死であったに相違ない。住んでいるさきの記された布が、袖口に縫いこまれておった。目付のはからいで、遺体は娘御のもとへ返されたそうじゃ」

今宵、通夜がいとなまれるか否かは定かでないが、稲美の叔父は弔問に行きたくなったらしかった。

「徹之進のほうへも使いを出しておいた。こちらへまいったのは、昨晩、おぬしが藩邸にわしを訪ね、仇討ちの顚末を教えてくれたからじゃ。おぬしの言うとおり、徹之進はまちがっておらなんだやもしれぬ。されど、皮肉にも、鈴原は生かされたことで暴挙に出た。あやつは長いこと、死に場所を探しておったのじゃ。できることなら、死に花を咲かせたかったのじゃろう」

稲美の叔父とともに、又兵衛は重い腰をあげた。

門の外へ出てからも、鉛(なまり)のような足を引きずり、四谷の鮫ヶ橋へ向かった。

いつの間にか、夏の温気(うんき)は去り、濠端(ほりばた)には心地良い涼風(りょうふう)が吹いている。

濠端の一隅に咲いているのは、曼珠沙華(まんじゅしゃげ)であろうか。

血の色に染まってみえる花には、死人花(しびとばな)の異称もある。彼岸(ひがん)まで、まだひと月もあるというのに、ずいぶん早く咲いたものだ。

歩きながら漫然(まんぜん)と、そんなことをおもっていた。

信じられぬ出来事に頭が混乱し、何も考えられなかった。

「鮫ヶ橋じゃ」

「はい」

薄暗い谷底を下り、夜鷹の巣窟を過ぎて裏長屋へたどりつく。

盆は終わったにもかかわらず、木戸には白張提灯がぶらさがっていた。

朽ちた木戸を潜り、溝板を踏みしめて進むと、抹香臭さが漂ってくる。

すでに長屋の連中は弔問を済ませたのか、部屋には訪れる人影もない。

腰高障子は開かれていた。

叔父の背につづいて敷居をまたぐと、白い蒲団のうえに死者が寝かされている。

簡易な焼香棚が設けられ、白い煙がゆらゆらと立ちのぼっていた。

娘の茜は顔もあげず、正座したままじっと俯いている。

天涯孤独になった娘のすがたがあまりに哀れで、居たたまれなくなってきた。

「すまぬが、焼香をさせてもらえぬだろうか」

叔父のことばで、茜はようやく我に返り、気丈な娘を演じるべく深々とお辞儀をしてみせる。

又兵衛は焼香して祈りを済ませ、ほとけの顔をみせてもらった。

存外に穏やかで、数刻まえに割腹を遂げた壮絶な印象とはほど遠い。

藩役人たちの手で運びこまれたときから、胴は晒しできつく巻かれており、父がどうやって果てたのかを、茜は報されていないようだった。

「申し遅れたが、わしは稲美家の者じゃ。二十年前、おぬしの父に兄を斬られた」

「……も、申し訳のないことにございます」

茜は額を床に擦りつけ、顔をあげようともしない。

稲美の叔父は手を差しのべ、茜の荒れた手の甲に優しく触れた。

「仇討ちは終わった。もはや、おぬしの父に恨みはない。おぬしの父は、侍として立派な最期を遂げた。それゆえ、せめて線香の一本でもあげさせてもらいたくなってな」

「恐れ多いことにございます。二十年前に父のやったことは、とうてい許されることではございませぬ」

「よいのだ。わしはな、すべて水に流すことに決めた」

「……か、感謝のしようもございませぬ」

茜は両手を床についたまま顔をあげ、武家娘らしく気丈に言った。

「父の最期、ご存じならば、お教えいただけませぬか」

ふうっと、叔父が溜息を吐いたところへ、誰かが音も無くあらわれた。

「あっ、徹之進さま」

茜は驚き、目から涙を溢れさせせる。

稲美は赭ら顔で、ぶるぶる震えていた。

名状し難い怒りを感じているのだろう。

履き物を脱ぎ、寝かされた死者の顔を覗きこむ。

「何故だ。何故、早まったのだ」

昨日、死なせずに済ませたのは、たがいに来し方を忘れて新たな暮らしに戻るためではなかったのか。

それなのに、何故、娘ひとりを遺して逝ったのか。

かたわらから、叔父が静かにこたえた。

「意地を貫いて死ぬのは、侍の本分じゃろうが。のう、徹之進、おぬしにもわからぬはずはあるまい」

「わかりませぬ。わかりたくもありませぬ」

応じる稲美の顔つきは、尋常なものではない。地獄絵の獄卒を連想させるような恐ろしさに、さすがの又兵衛も身を引いてしまう。

茜が膝を進め、縋りつこうとした。

「徹之進さま、お許しください、父をお許しください」

二十年前のことを謝っているのか、それとも、生かされた命を粗末にしたことを謝っているのか、おそらく、茜本人にもわかってはおるまい。

稲美は優しく応じる。

「茜どの、さぞや口惜しかろうな」

「えっ」

「お父上が小野寺左京に抱きつづけた恨み、茜どのとて同じ気持ちであろう。わしにはわかる。おぬしの気持ちが手に取るようにわかる。二十年会わずとも、ともに育った幼いころの歳月は何ものにも代え難い」

「……て、徹之進さま」

「あのとき、おぬしはまだ十であったな。わしは父を斬られた口惜しさよりも、おぬしのことを案じた。人斬りの汚名を着た父の娘として、おぬしがこれからどれほど辛い日々を生きねばならぬのか、十五のわしはそのことを案じておった」

「……う、うう」

茜はたまらず、嗚咽を漏らしはじめた。

稲美の叔父も、隣で貰い泣きしている。

又兵衛は稲美の横顔を覗き、秘めた覚悟を感じとった。

「茜どの、おぬしが望むのなら、助太刀をいたそう」

おもったとおり、言ってほしくないことを口走る。

「えっ」

茜は涙を拭い、稲美の顔をみつめた。

叔父も、驚いたようにみつめている。

「二十年前、おぬしの父は小野寺左京に斬られた。わしは、そうおもっておる。あやつのせいで、生ける屍も同然にされたのだ。ならば、父の仇を討たねばなるまい。もし、茜どのがそうしたいと言うのなら、わしはともに立つ。さあ、どうする」

過酷な申し出におもわれたが、茜に迷いはない。

「討ちます。わたくしは、小野寺左京を討ちます」

「承知した。ならば、父上の御霊に祈念いたそう。どうか、本懐を遂げさせていただきたいと」

「はい」

二十年ぶりに会ったふたりが一心同体になり、難事に挑もうと決意を固めている。

稲美よ、おぬしはそれでよいのか。妻子を顧みずともよいのか。

みずからの意地を貫くためなら、平穏な暮らしを捨てても悔いはないのか。又兵衛は胸の裡に繰りかえしたが、覚悟を決めた稲美と茜の耳には届くはずもなかった。

十一

五日後の夕刻、小野寺左京と対峙する好機が訪れた。

小野寺は今日の暮れ六つ（午後六時頃）、麴町から平川町を経て藩邸へ戻ってくる。

長元坊の調べによって、事前にそれがわかったからだ。

仇討ちのおこなわれた馬場の南端を掠め、傾斜の緩い貝坂をひたすら下っていく。行きつくさきは山王権現社だが、稲美と茜は見晴らしの利く三べ坂の途中で待つことにした。

ふたりの見届け役として、又兵衛も随行を申し出た。

いざとなれば、助太刀に転じる覚悟も決めている。

「何でおめえが首を突っこむんだ」

長元坊は首を捻ったが、自分でもはっきりとした理由はわからない。歌詠みの会へ連れていかれたのが事の発端で、稲美とは歌を通じて親しくなった。木曾屋の囲い荷を調べろと命じた沢尻玄蕃は、肝心なところで弱腰になり、隠し蔵に踏みこむ気もない。むしろ、やる気のなかった又兵衛のほうが、抜き差しならぬ立場に身を置きつつある。

何故かと問われても、成りゆきとしかこたえられない。侍の意地とは言いたくなかった。ただ、二十年という長い年月、辛酸を嘗めながらも生きぬいてきた者たちの結末を見定めたいとおもっただけだ。

「御用達の木曾屋もいっしょだぜ」

苦労して調べあげた長元坊は、ぐいっと胸を張る。

悪党どもをひとまとめに成敗できる。その公算が大きいゆえに好機なのだが、本懐を遂げたとしても、稲美と茜が無事であるとはかぎらない。正式に認められた仇討ちでなければ、ただの人斬りにほかならず、重臣を討たれた岸和田藩は討った者を裁かねばならなくなる。

罪人になってもかまわぬと、稲美は言いはなった。

この身がどうなろうと、いっこうにかまわぬ。

巌のごとく揺るがぬ気概こそ、侍にしか持つことができぬものなのかもしれない。

無論、又兵衛は町奉行所の与力として、人斬りに加担することはできない。ただ、一度くらいは立場を顧みず、闇雲に突きすすんでいくのも悪くはなかろう。又兵衛は与力としてではなく、あくまでも稲美の友として助太刀したいとおもった。

「おれもつきあってやるよ」

と、長元坊は心強い台詞を吐いてくれる。

四人は坂の上と下に分かれ、じっと物陰に身を潜めた。

坂下の右手には、岸和田藩の上屋敷もみえる。

「又よ、そのご隠居、頼りになるのか」

長元坊に聞かれても黙って首を振り、又兵衛は藩邸とは逆の貝坂を睨みつけた。

「あっ、来たぞ」

杏色の夕陽を背に抱え、権門駕籠の一行が坂道を下ってくる。

従者は三人だが、挟み箱や手槍を持つ小者がやけに多い。

「ひい、ふう、み……七人もいるぜ」

一行の先頭に立っているのは、蜘蛛のように手足の長い木曾屋与右衛門であった。

「まさか、こっちの動きを読んででんじゃねえだろうな」

「警戒しているだけだろう」

駕籠の一行は、どんどん近づいてくる。

又兵衛と長元坊は身を隠し、一行をやり過ごした。

不安を拭えぬまま、険しい顔で駕籠尻を睨みつける。

まんがいち、獲物が後方へ逃れてきたときは阻むつもりだ。

権門駕籠は半町（約五十五メートル）ほどさきまで進み、唐突に歩みを止めた。

一行の行く手には、男女ふたつの影が立っている。

又兵衛と長元坊も道に飛びだし、急いで駕籠尻を追いかけた。

「小野寺左京、尋常に勝負せよ」

藩邸を背にした三べ坂に、稲美徹之進の怒声が響きわたる。

駕籠は地べたに置かれ、垂れを捲って人影がひとつ出てきた。

臼のようなからだつきの人物は、小野寺左京にまちがいない。

「ふん、稲美の伜か。敵を討ち損ねた腰抜けが、今さら何しに来よった」

小野寺は胴間声を響かせる。

「白鉢巻のおなごは、鈴原倉之輔の娘じゃな。わしは何でも知っておるぞ。腹を十文字に切ったおぬしの父がわしに逆恨みを抱いておったことも、ほんとうは二十年前、隣におる稲美徹之進の父ではなく、わしを斬りたかったこともな。行き場を失ったおぬしらふたりがわしを襲うことも読みきっておったわ。ふん、哀れな連中よ。おとなしくしておればよいものを。わざわざ、斬られに来るとはな。与右衛門、やれい」

「へい」

まるで、盗人の首魁が手下に命じているかのようだった。

木曾屋与右衛門が右手をさっとあげるや、七人の小者たちが左右に散る。

いずれも腰に段平を差していた。身軽な動きをみれば、ただの小者でないことはあきらかだ。

与右衛門自身、身軽に跳ね飛んでみせる。

やはり、岸和田藩の御金蔵を破った盗人、ささがにの与五郎にちがいない。

「又、どうする」

聞かれるまでもなく、又兵衛は駆けだそうとした。

ところがである。つぎの瞬間、坂道の景色が変わった。

「なにっ」

驚きの声をあげたのは、小野寺と与右衛門のほうだ。

岸和田藩の藩邸から、捕(と)り方装束(かたしょうぞく)の藩士たちが雪崩(なだれ)を打って駆けてくる。それは坂道の涯(は)てに叢雲(むらくも)が湧いたかのような光景で、捕り方の先陣を切るのは老いた人物にほかならない。

「叔父上」

稲美が叫んだ。

捕り方はどっと押しよせ、駕籠の一行と稲美たちを遠巻きにする。

「徹之進よ、安心いたせ」

叔父が疳高(かんだか)い声を張りあげた。

「囲い荷の証拠は掴んだ。小野寺左京は奸臣(かんしん)じゃ。しかも、目付筋より仇討ちの許しを得たぞ」

「……ま、まことにござりますか」

「ああ、まことじゃ。後顧(こうこ)の憂(うれ)いなく、心おきなく闘うがよい」

「はい」

おもいがけぬ援軍を得て、稲美はおのれを奮いたたせる。

一方、茜は泣いていた。おそらく、涙で仇のすがたはみえまい。

「小癪な、仇討ちじゃと。ふん、それならそれでよかろう。要は、勝てばよいだけのはなしだ」

うそぶく小野寺は、小者から管槍をひったくる。

「奸臣め、覚悟せよ」

稲美は土を蹴り、茜は背中につづいた。

小者たちの築いた壁を難なく突破し、手練の従者たちをも斬りくずす。

夕陽が釣瓶落としのように落ち、坂道一帯は紅蓮に変わった。

道も駕籠も人も、すべてが燃えている。

炎の衣を纏った稲美と茜は、小野寺と与右衛門を面前に置いた。

「稲美さんよ、止めるんなら今だぜ」

与右衛門が地金を晒し、懐中に呑んだ匕首を抜く。

稲美は凜然と発した。

「黙れ、御金蔵破りの盗人めが」

「おっと、聞き捨てならねえな。おれがいつ御金蔵を破ったって。古すぎるはなしは、まったくおぼえちゃいねえのよ」

「ならば、おもいださせてやる」

稲美は鯉口を握ったまま近づき、わずかに沈みこむや、見事な手捌きで抜刀する。

「ふん」

水平斬りを仕掛けたものの、眼前の獲物は消えていた。

「上だ」

叫んだのは、長元坊である。

与右衛門は何と二間余りも跳躍し、上から稲美の脳天を狙っていた。

「死ねや」

もはや、並みの商人ではない。体術に優れた盗人そのものだ。

――がつっ。

稲美は咄嗟に受け太刀を取り、匕首を撥ねのける。

「与右衛門、退いておれ」

間髪を容れず、小野寺の管槍が突きだされた。

「うっ」

稲美は左肩を削られ、地べたに転がる。

転がりながらも、刀身を鞘に納めた。

「徹之進さま」

茜が後ろから駆け寄ってくる。

「すりゃ……っ」

そこへまた、管槍がずんと突きだされた。

稲美は茜を蹴飛ばし、槍の一撃を避ける。

「まずいぞ」

乗りだした長元坊を、又兵衛は押しとどめた。

「待て、勝機はある」

小野寺は片袖を断ち、瘤のような肩を晒す。

「このひと突きで地獄送りじゃ。けい……っ」

定めた狙いは喉首、槍の穂先がぐんと伸びた。

稲美は横三寸の動きで躱し、小野寺の懐中へ飛びこむ。

近い。いくらなんでも、間合いが近すぎる。

誰もがそうおもったとき、稲美は長尺刀を鞘走(さやばし)らせた。

「はっ」

——抜け卍。

抜き身は氷柱と化し、煌めきながら斜めに走りぬける。

「ひゃっ」

小野寺は短く悲鳴をあげた。

双手(もろて)を肘(ひじ)から切断され、顔面を地べたに叩きつける。

激しく身を痙攣(けいれん)させ、やがて、動かなくなった。

「くそったれ」

木曾屋与右衛門は吐きすて、小者たちともども、こちらへ逃げてくる。

「ほうら、来なすった」

長元坊は脱兎(だつと)のごとく駆けだし、拳ひとつで小者たちを昏倒(こんとう)させていった。

乱戦の狭間(はざま)から、ひとり与右衛門だけが逃れてくる。

だが、そこには又兵衛が待ちかまえていた。

「死ね、糞与力」

与右衛門はからだをかたむけ、匕首を突きだしてくる。

又兵衛はひらりと避け、鞘引きの一刀を浴びせかけた。

宝刀の「兼定」は峰に返され、首筋をしたたかに叩く。

「ぬきょっ」

与右衛門は白目を剝き、棒のように倒れていった。

気づいたときには縄を打たれ、藩邸の牢へ送りこまれることだろう。

仇討ちを見届けた藩士たちは、潮が引くように藩邸へ戻っていった。

老いた叔父だけがひとり残り、膝を屈した甥のもとへ近づいてくる。

うなずきながら手を貸してやり、傷を負った甥を抱き起こした。

「ようやった、ようやったぞ」

翳りゆく坂道には、私欲にまみれた奸臣の無惨な屍骸が転がっている。

又兵衛は薄闇に包まれる藩邸をみつめ、二十年というあまりにも長い道程におもいを馳せた。

十二

見上げた空は鱗雲に覆われ、川端には女郎花や藤袴が咲いている。

土用のころは炎天下で青く波打っていた植田も、今は黄金色に変わっていた。

「あれほど暑かった夏が嘘のようだな」

文月の終わりになると、いつも淋しいおもいにとらわれる。

大川端をのんびり散策しながら、又兵衛はここ数日の慌ただしい動きを回想した。

まず、何と言っても驚かされたのは、沢尻玄蕃が隠密裡に動いていたことだ。岸和田藩の留守居役にはたらきかけ、小野寺左京と木曾屋与右衛門のおこなっていた囲い荷について、内々に調べを促した。さっそく、留守居役は目付に指示を出し、迅速に調べが進められるなか、裏帳簿などの動かぬ証拠がみつかったのだという。

探索の流れを受けるかたちで、稲美の叔父は機転を利かせ、甥による新たな仇討ちを藩に認めさせたらしかった。討つべき相手は変わっても、討たねばならぬ理由は二十年前から何も変わっていない。叔父もそう考えるにいたり、甥のため、さらには藩のために尽力したのであろう。

さっそく、又兵衛は沢尻のもとへ出向き、御礼も兼ねて事の顛末を報告しようとおもった。

だが、喋りはじめてすぐに押しとどめられ、すべて忘れよと諭された。

つらつら考えてみるに、やはり、例繰方ごときに隠密御用は無理だとの教訓を得たらしい。ただし、木曾屋が抜けても歌詠みの連はつづくので、自分の代わりに世話役にならぬかと打診され、又兵衛は即座に断った。

本懐を遂げた稲美徹之進には、叔父の尽力もあり、藩へ復帰できる道がひらかれたようだった。ところが、本人はまたとないはなしを峻拒し、これからも櫛作りの浪人として生きていく道を選んだ。その代わり、叔父のほうが留守居役に請われて勘定方に返り咲き、稲美家は面目を保つことになったという。

「まずはめでたし、ってところか」

長元坊にも皮肉を言われたが、あいかわらず、苦労したわりには何ひとつ得はない。

それでも、又兵衛の足取りは軽く、心は弾んでいる。

川風が涼しい。

両国から浅草橋を渡って蔵前を通りすぎ、浅草の駒形までやってきた。

対岸からも白馬のごとくみえる駒形堂のそばに、泥鰌鍋が美味いと評判の『越後屋』がある。

暖簾を振りわけ、薹が立った女将に案内されて奥へ進んだ。

すると、誘ってくれた相手が気軽な調子で手をあげる。

「平手どの、こっちこっち」

稲美徹之進であった。

床几に座ると、すぐさま、女将が大笊を運んでくる。

大笊のうえには、しんこと呼ぶ小振りの泥鰌が盛ってあった。

「ほほ、活きが良さそうだな。平手どの、ほら、跳ねておる」

「まことに」

板場の職人が、ぐつぐつ煮立った鍋を運んできた。

「ほうら、来なさった」

すでに、牛蒡の笹掻きは入れてある。

あとは蓋をずらし、一気に泥鰌を放りこむだけだ。

ふたりが遠慮しあっていると、女将がすっと持ちあげた笊をかたむけ、泥鰌を放りこんでくれた。

素早く蓋をおさえこみ、味噌や七味や山椒もくわえて、汁だくさんに仕上げるのだ。

「泥鰌鍋、丸ごと入れてぶち殺し」

又兵衛はじゅるっと涎を啜り、歌詠みの会で稲美が一席になった戯れ句を詠んでみせる。

しばらく煮込んで蓋を外すと、良い塩梅に仕上がった。

蓮華を使って取り皿に移し、まずは熱々の汁を啜る。

「ふむ、よかろう」

納得しながら、しんこ泥鰌を味わった。

「うほっ」

熱い。口をはふはふさせながら、骨まで軟らかい泥鰌を食す。

笹掻きとの相性も抜群で、おもわず頬が緩んだ。

「稲美どの、やはり、丸のまんまがようござるな」

背開きは邪道なりと強調すると、稲美も納得顔でうなずく。

「そういえば、茜どのはどうなされるのであろうか」

箸を休めて問うと、淋しげな微笑みが返ってきた。

「お父上のご遺骨を、藩の菩提寺に葬ってもよいことになったそうです。茜どのは剃髪し、お寺入りなさると伺いました」

「さようでしたか」

それもまた、ひとつの道かもしれぬと、又兵衛はおもった。

「ところで、まだ御礼をきちんとしておりませんでした。平手又兵衛どの、こたびはまことに、かたじけのうございました」

稲美は鍋から離れ、床几に両手をついてみせる。

「お止めください。他人行儀な挨拶などいりませぬ」

「これからも、歌詠みの友としておつきあいくだされぬか」

「無論にござる。こちらこそ、沖釣りにつきあっていただきたい」

「益々もって、ありがたい。つきましては、これを」

稲美はそう言い、懐中から袱紗に包んだ物を取りだした。

手渡されて袱紗をひろげると、木目も鮮やかな柘植の梳き櫛が目に飛びこんでくる。

「丹精込めて、磨きあげた和泉櫛にござる。せめてもの御礼のしるしに、どうぞお受けとりくだされ」

静香の喜ぶ顔が浮かぶ。

何よりの贈り物に、又兵衛は頰をぽっと紅潮させた。

傍からみれば、十五、六の小娘にもみえたであろう。

恥ずかしい顔を隠そうとしてか、又兵衛は箸を取ると、必死の形相でしんこ泥鰌をかっこんだ。

鯖断ち

一

江城八朔には白帷子を着すべしとの慣例にしたがい、豊穣を祝う葉月朔日、不浄役人も与力以上は白帷子で町奉行所へ出仕した。

数寄屋橋御門内の南町奉行所は月番ではないものの、正門を閉ざして訴えを受けつけぬというだけで、役目の中味は先月と少しも変わらない。御奉行の筒井伊賀守は評定好きなうえに細かい性分なので、御沙汰の裏付けとなる書面を何枚も揃えねばならぬ例繰方は煩雑な役目に勤しまねばならなかった。

それゆえ、帰りは日没近くになった。

空を見上げれば雲の動きが異様に速く、湿気をふくんだ風に裾を攫われる。

「野分だな」

立春から二百十日目前後に吹く大風は、稲の刈り入れと重なって毎年のように甚大な被害をおよぼす。

門前の水茶屋に立つ萌葱色の幟も強風に煽られていた。「鷭の旦那」と叫びながら飛びだしてくる甚太郎はいない。板橋のさきで捕り物があったらしいので、助っ人に駆りだされたのだろう。

又兵衛は水茶屋で名物の味噌蒟蒻を包んでもらい、数寄屋橋を渡って帰路をたどりはじめた。屋敷で待っている者があるとおもえば、一日の疲れもさほど感じなくなる。静香の顔を頭に浮かべ、近頃は判で押したようにまっすぐ屋敷に帰っていたのだが、今日は幼馴染みの顔を拝みたくなった。

弾正橋の手前でひょいと向きを変え、常盤町の一角へ踏みこむ。

揉み療治の看板を目にするころには日没となり、暮れなずむ露地裏からは門付の奏でる三味線の音色が響いてきた。

「おい、長助、生きておるか」

戸を開けて勝手にあがり、奥の部屋を覗く。

長元坊はこちらに背を向け、小銭を床に並べていた。

「ひい、ふう、み……困ったな、酒を買う銭もねえ」

「貸してやろうか」

「おっと、誰かとおもえば又か。大黒天の使わしめかとおもったぜ」

「ほれ、好物の味噌蒟蒻」

「へへ、そいつはありがてえ。安酒なら、まだ一升ばかりあるからな」

長元坊は立ちあがり、勝手から一升徳利を提げてくる。

欠けた茶碗をふたつ床に並べ、こぼさぬように酒を注いだ。

呑んだ酒は不味いものの、酔うことができればそれでいい。

「あいかわらず、美味え蒟蒻だな」

長元坊はつるっと蒟蒻を食い、包み紙についた味噌を指で掬って嘗める。

嘗めた途端、顔をしかめた。

「くそっ、歯が痛え。蒟蒻を嚙んでも痛えときた。こうなりゃ、いよいよ覚悟を決めるっきゃねえな」

「覚悟を決めるって、何をする」

「鯖断ちだよ」

「鯖断ち」

「知らねえのか、日比谷の鯖稲荷」

聞いたことはある。芝日蔭町の日比谷稲荷は俗に「鯖稲荷」と呼ばれ、虫歯封じに効験があるとされていた。

「でもな、歯痛を治すにゃ鯖を断たなきゃならねえ。そいつを教えてくれたのは、日蔭町に住むおとら婆さんだ」

「おとら婆さん」

「ああ、金貸しの因業婆だが、おれにとっちゃ腰痛持ちの大事なお客さまでな、半刻（約一時間）足らずの揉み療治で一分金を二枚も頂戴できる。おとら婆さんは歯が強え。七十を超えても、入れ歯ひとつねえかんな。そいつは若え時分から、一日も欠かさずに鯖稲荷を拝んできたおかげなんだと」

「ふうん。それじゃ、おとら婆さんは鯖を食わぬのか」

「いいや、食いやがる。歯痛になったら断ちゃいいってはなしさ。何しろ、鯖が食えぬようなら、死んだほうがましだって言うのさ。ことに、脂の乗った秋鯖ほど美味いものはこの世にないと言われりゃ、仰るとおりでござんすとうなずくっきゃねえだろうよ。でもな、歯痛さえ治るんなら、この際、好きな鯖も我慢するとおれは決めた。おとら婆さんにそう約束したら、いっしょに鯖断ちしてくれる相手をみつければ、ご利益は三倍になると真顔で教えてくれたのさ。となりゃ、又よ、鯖好きなおめえしかいねえだろう」

「おいおい、勘弁しろ」

今宵の主菜はひょっとしたら、房総沖でとれた鯖かもしれない。今朝は静香とそんなはなしをしたおぼえがあるので、たぶん、そうであろう。膳に出された〆鯖の艶めいたすがたを想像し、又兵衛は涎を啜りあげた。

「何だよ、にやにやしやがって。ちったあ、歯痛の気持ちもわかってほしいもんだな。ところで、祝言はいつなんだ」

「えっ」

「ご近所にお披露目するってのが、侍としての筋だろうが」

「元破戒坊主の藪医者に言われたくはないがな」

深く考えたこともなかったが、たしかに祝言をあげる必要はあるかもしれない。

「静香は何も言わねえのか」

「言わぬな」

「まだ猫をかぶっているってわけだ」

長元坊はにやにやする。

「でもな、心のなかじゃ望んでいるはずだぜ。それに、両親のこともある。元御大身(たいしん)の親父さん、まだら惚(ぼ)けかもしんねえが、娘の祝言はみてえはずさ。おめえの双親(ふたおや)が生きていたら、同じことを言ったにちげえねえ。ことに、おっかさんはよ、おめえのことを猫っ可愛がりしていたかんな」

「そんなことはないさ」

「いいや、そうだった。おれもよく駄菓子を貰(もら)ったもんだぜ。頭を撫(な)でてもらい、又兵衛と仲良くしてほしいと頼まれた。おっかさんのおかげかもな、こうしておめえと呑んでいられるのも」

長元坊は涙ぐみ、ぐすっと洟水(はなみず)を啜りあげる。

「おい、海坊主の旦那、いったい、どうしちまったんだ」

「優しくて品のいいおっかさんだったな。それが流行病(はやりやまい)でぽっくり逝(い)っちまった。おれは感謝しているんだぜ。今だから言うが、ほんとうのおっかあならどれだけいいとおもったことか」

長元坊は生まれてすぐに母親を亡くしているので、子どものころの淋しい気持ちは又兵衛にも手に取るようにわかる。

「何やら、しんみりしてきたな。でもよ、やっぱり祝言をあげてやるのが、親孝行ってもんだろう」

孝行できる親があるだけでも感謝しろと、長元坊はいつになく殊勝なことを言う。

「祝言か」

又兵衛はその気になった。

が、近所へのお披露目となれば、それなりに費用も掛かる。

「たしかに、先立つものがなくちゃ、はなしにならねえな」

いざとなれば、与力の株を質草に預けて何処かで金を借りるしかなかろう。

「それなら、おとら婆さんに繋いでやろうか。たぶん、何百両と貯めこんでいるはずだから、祝儀代くれえは右から左さ」

「ああ、そのときは頼む」

なかば本気で頭を下げると、長元坊は満足げに微笑み、酒を注いでくれる。

「ところで、主客は誰にする。やっぱし、上役か。鼠顔の山忠か、それとも、鬼瓦の鬼左近か、内与力の沢尻って線もあるな」

できることなら呼ばずに済ませたい連中だが、呼ばなかったことがあとでわかったら、今よりもいっそう冷たくされるにちがいない。それはそれでいっこうにかまわぬが、静香に肩身の狭いおもいだけはさせたくなかった。

「所帯を持つってのはそういうことだ。厄介事が一気に増えやがる。それにしても、侍の見栄とか体面てやつは面倒臭え代物だな。どうせなら、筒井伊賀守に主客を頼んだらどうだ」

　ぷっと、又兵衛は吹きだしてしまう。

「できるわけがなかろう」

「いいや、頼んでみれば、存外にすんなりと受けてくれるかもだぞ。江戸の町を司る御奉行なら、そのくれえの度量は欲しい。でもな、まんがいちのときは、おれがやってやるぜ。世間が何を言おうと、おめえと静香の晴れ舞台に嫌いなやつらを招くことはねえんだ」

　ありがとうなと、又兵衛は胸の裡で感謝する。

　ことばに出して言うのは恥ずかしいが、骨身を惜しまずにつきあってくれる長元坊にはいつも感謝しているのだ。

「ちょいと眠くなってきた」

　長元坊は大きな図体を横たえ、手枕で居眠りしはじめる。

　又兵衛は床に一分金を二枚置き、そっと療治所をあとにした。

二

二日後の午過ぎ、又兵衛はめずらしく吟味方の御用部屋へ呼びつけられた。

「はぐれめ、厄介事を持ちこんできてくれたな」

鬼瓦のような四角い顔を寄せてくるのは、つぎの吟味方筆頭与力と目されている「鬼左近」こと永倉左近である。

「おぬし、長元坊とか申す藪医者は知っておるか」

「はい」

「関わりは」

「幼馴染みにござりますが」

長元坊が何かやらかしたのだろうか。

一抹の不安は過ぎったものの、どうせ、酔った勢いで喧嘩にでも巻きこまれたのだろうと高をくくっていた。すると、おもいがけない台詞が返ってくる。

「呉服橋の吟味方から連絡があってな、今朝方、殺しの疑いで捕まったそうだ」

「えっ」

絶句とは、こういうことを言うのだろう。

頭が真っ白になり、ことばも出てこない。

「昨夜遅く、おとらという芝日蔭町の金貸し婆が殺められた」

「……お、おとら」

「どうした、知っておるのか」

「……い、いいえ」

一膳飯屋で働く孫娘が家へ帰ってきた際、変わりはてた祖母のすがたをみつけたのだという。寝所には荒らされた形跡があり、枕元の壺に隠してあった五十両ばかりの金が盗まれていた。

孫娘の「揉み療治の先生以外に訪ねてくる者はなかったはず」との訴えが決め手となり、北町奉行所のほうで捕り方を常盤町へ差しむけ、療治所で寝ていた長元坊に縄を打ったらしい。

「繋がれておるのは、南茅場町の大番屋だ。何を聞いても知らぬ存ぜぬの一点張り、南町奉行所与力の平手又兵衛を連れてくれば喋ってやるとほざいているらしい。ここに呼ばれた理由がわかったか」

「はい。なればさっそく、大番屋へ」

尻を浮かしかけると、鬼左近は扇子を抜いて止める。

「待て。事はそう簡単なはなしではない」

「と、仰いますと」

「相手は荒木田主馬(あらきだしゅめ)だ」

「はあ」

とぼけてみせると、鬼左近は呆(あき)れた顔をする。

「おぬし、荒木田を知らんのか」

「詳しくは存じませぬが」

「ふん、はなしにならぬな」

綽名(あだな)は百足(むかで)、呉服橋御門(ごふくばしごもん)内の北町奉行所において花形の吟味方を牛耳(ぎゅうじ)る筆頭与力で、敵にまわしたくない相手らしい。鬼左近が険しい顔でそう言うのだから、とんでもなく厄介な相手なのだろう。

「げじげじ野郎は偉そうに言いよった。北町奉行所の威信にかけても、ひとたび縄を打った者を解きはなちにするわけにはいかぬ。与力の平手某(なにがし)が足労(そくろう)したところで、海坊主の疑いが晴れることはあり得ぬとな」

「そんな。長元坊にかぎって、人殺しなどできるはずがございませぬ」

「誰それにかぎってか、ふん、よく聞くはなしだ。人殺しをしておらぬなら、確(かっ)

乎とした証拠をしめさねばならぬ。それくらいは赤子にでもわかること。されどな、こたびばかりは証拠があっても難しいかもしれぬ」

「まさか、長元坊の仕業でないと証明されても、解きはなちにはならぬということでしょうか」

「まあ、そういうことになるかな。だいいち、例繰方のおぬしに、いったい何ができると言うのだ。幼馴染みの疑いを晴らす証拠でも捜してくると申すのか。それは廻り方の役目だぞ」

「承知しております。廻り方に命じることができるのは、吟味方与力の永倉さましかおられませぬ」

又兵衛は恥を顧みず、畳に両手をついた。

「永倉さま、何卒お願い申しあげます。おとら殺しのお調べを、どうかお命じくださりませ」

「それはできぬ。げじげじ野郎の縄張りを荒らすことになるゆえな」

「されば、どういたせばよろしいのでしょうか」

「はっきり申せば、打つ手はない。おぬしが大番屋へ足をはこんでも、幼馴染みのはなしを聞くだけ聞いて、早々に帰ってこいというはなしだ。げじげじ野郎も、それを望んでおろう。いちおうはこちらの顔を立て、あとは向こうで得手勝手に裁く気なのさ」

「お待ちを。それでは、長元坊が罪人にされてしまいます。お考えにしたがうことはできませぬ」

「おっと、そうくるか。はぐれよ、よう聞け。おぬしが下手に騒ぎたてれば、北と南で不毛な足の引っぱりあいがはじまる。おぬしは人殺しを庇った罪を問われ、与力の地位を取りあげられるやもしれぬのだぞ」

「脅しにござりますか」

「ん、何だと。例繰方の分際で、このわしに楯突くつもりか」

ぐっと怒りを呑みこみ、又兵衛は拳を固める。

鬼左近は態度を変え、優しげな口調で諭しにかかった。

「わしとて口惜しいのだ。北町は何かにつけて、南町の風上に立ちたがる。たしかに、呉服橋のほうが門構えは立派だが、南町のほうが敷地も広いし、抱えておる不浄役人に優劣の差はない。あるはずがないのに、げじげじ野郎は威張りちらしておる。それを許しているのが、御奉行の榊原主計頭さまじゃ。御奉行への御就任は、うちの筒井さまより二年早い。お若いころより将来を期待された筒井さまに尋常ならざる対抗心を燃やし、南町より少しでも多くの手柄をあげるべく配下どもを叱咤激励しておられるとも聞く。榊原さまの意を汲んで先頭に立つのが、げじげじ野郎なのだ。あやつが随所で理不尽な裁きをおこなっているのは、わしとて知らぬわけではない。できることなら、鼻を明かしてやりたいが、それとこれとははなしが別だ。幼馴染みと申しても、相手はたかが町人、身持ちのよくない鍼医者風情であろう。おぬしも宮仕えをつづけたくば、この一件と関わりを持つな。長元坊なる者のことはあきらめ、余計な波風は立てぬことだ。よいか、わかったな」

わかるはずはない。それでも、又兵衛は感情を顔にいっさい出さず、黙って御用部屋から退出した。

憮然とした顔で廊下を戻り、部屋頭の中村角馬に何も告げずに帰り仕度をはじめる。何があったのかと問われても睨みかえしただけで、後ろもみずに御用部屋を出て足早に正門を通りぬけた。

「鶴の旦那」

甚太郎に呼びかけられても振りかえらず、小走りで数寄屋橋を渡ると、南茅場町のほうへ足を向ける。

「……まさか、あいつが」

長元坊のやつが、金貸しのおとら婆を殺めるはずはない。

胸の裡に繰りかえし、荒い息を吐きながら大番屋へたどりつく。

覚悟を決めて戸を開けると、北町奉行所の見慣れぬ面々が一斉に振りむいた。

「南町奉行所与力、平手又兵衛、ただいま罷り越しましてござる。吟味方筆頭与力の荒木田さまは何処に」

「荒木田さまは、呉服橋へお戻りになられました」

狡猾な狐顔の四十男が応対にあらわれる。

「それがし、廻り方の真崎銑十郎と申します。荒木田さまから用件は伺っておりますので、わたしでよろしければご案内いたしますが」

「お願いいたそう。もしや、おぬしが長元坊に縄を打ったのか」

「いかにも。殺められた金貸しの老婆は、首を絞められておりました。喉首にはっきりと手形がついておりましてな、それが海坊主の手形とほぼ一致したもので、孫娘の訴えもあることですし、縄を打つことにいたしました。ところが厄介なことに、大番屋に連れてきた途端、平手さまのお名を口走ったもので、致し方なく、荒木田さまにご面倒を掛けるはめに」

真崎はぶつぶつ経緯を喋りながら、奥の仮牢へ通じる板戸を開けた。

壁の手鎖に繋がれているのは長元坊ひとりだけで、瞼の腫れた顔をみれば過酷な責め苦を受けたのはすぐにわかる。

又兵衛はぎりっと奥歯を嚙み、真崎を睨みつけた。

「おぬしが責め苦を」

「ええ、それがお役目ですから」

どうやら、長元坊をおとら殺しの下手人と決めつけ、盗んだ金の行き先を質していたらしかった。

又兵衛は声を荒らげる。

「こんなことが、許されるとおもうのか」

「えっ、どういうことにござりましょう。人殺しの罪人を丁重に扱えと仰るので」

「あやつはわしの幼馴染みだ。殺しをやっておらぬと証明できれば、おぬしのやったことは勇み足になる。不浄役人の勇み足は、けっして許されることではない」

「くふふ、仰りたいのはそれだけですか」

真崎は薄く笑い、湊も引っかけようとしない。

内勤の弱腰与力だとおもい、嘗めてかかっているのだろう。

やりとりを黙って聞いていた長元坊が、ようやく口をきいた。

「又よ、すまねえな。おめえに迷惑を掛けたくはなかったんだ。でもな、おれは殺ってねえ。そいつを、おめえにだけは知っておいてほしかったのさ」

「ああ、わかっている」

「ついでに言うと、おれを責めた真崎って同心は隠密廻りだぜ」

呼びすてにされたのが口惜しいのか、真崎は残忍な顔で睨みを利かせた。

その顔を又兵衛も睨みかえし、長元坊に向きなおる。

「命に代えても、かならず助けだすからな、あきらめずに待っていてくれ」

「へへ、あたりめえだ。土壇に引きずられる寸前まで、おめえを信じて待っているぜ」

「くそっ」

不覚にも、悔し涙が込みあげてくる。

真崎に弱味をみせまいと、又兵衛は天井を睨んだ。

「平手さま、お気が済みましたか」

「ああ」

「では、あとはわたしらにお任せを」

口の端を吊った狐顔に、又兵衛はぬっと顔を近づけた。

「げじげじ野郎に伝えておけ。勝手に裁いたら後悔させてやるぞとな」

真崎は迫力に気圧され、空唾を呑みこむことしかできない。

豪快に笑ったのは、両手首を鎖に繋がれた長元坊のほうだ。

「ぬはは、さすが平手又兵衛、すっきりしたぜ」

又兵衛は軽くうなずき、仮牢に背を向ける。北町奉行所の連中から刺すような眼差しを浴びせられても、意に介す素振りもみせず、颯爽と大番屋の外へ躍りだしていった。

三

のんびりとしてはいられない。

強風の吹きつけるなか、又兵衛は急いで芝口へ向かい、日蔭町にある金貸しの見世までやってきた。薄闇に包まれた通りの一角には白張提灯がぶらさがっており、誰かに聞かずとも殺しのあった見世はすぐにわかった。

おとらは羽振りがよかったらしく、通りに面した見世の間口は広い。二階建ての大屋根を見上げれば、立派なうだつまであがっている。さっそく訪ねてみると、奥のほうから線香の匂いが漂ってきた。

「御免、誰かおらぬか」

声を張ると、奥から還暦ほどの老人が出てくる。

「あの、まだ何か。お役人さまには、すべておはなし申しあげたつもりですが」

髷は乱れていても風体から、町奉行所の役人と察したようだ。

「おぬしは」

「大家にござります。おとらさんとは、五十年来のおつきあいで」

「ほう、ならば、おとらと関わりのある者たちや、殺められたときの情況なんぞも知っていような」

「殺しをみたわけじゃありませんから、殺められた情況は知りません。ただ、おいはちが泣きながら『部屋を訪ねてきたのは鍼医者の先生しかいない』と申すもので、そのまま首代、いえ、岡っ引きの親分にお伝えいたしました」

「首代か」

つぶやきつつ、又兵衛は雪駄を脱いだ。

「ほとけは」

「仏間で眠っております」

「ちと、線香をあげさせてくれ」

板の間にあがり、廊下のさきで踏みとどまる。

仏間には白い蒲団（ふとん）が敷かれ、干涸（ひか）らびたほとけが寝かされていた。

又兵衛は焼香（しょうこう）を済ませ、大家の許しを得てほとけの顔を拝む。

注目すべきは喉首であったが、隠密廻りの真崎が言ったとおり、大きな手形がくっきり残っていた。

両手を合わせつつ、大家に問いかける。

「首代の名は何と申す」

「む、さ、さびの豊蔵（とよぞう）親分にございます」

「むささび」

「通り名ですよ。ご自分でもお気に召しているみたいで」

大家が顔をしかめる様子から推（お）すと、あまり評判のよくない岡っ引きなのだろう。

「それで、豊蔵が動いたわけだな」

「ええ、告げ口したみたいで嫌な気分でしたけど、おはちが言うのなら、まずまちがいない。長元坊さんには、わたしも揉み療治を頼んだことがありました。口は悪いが、腕はいい。信用のできる鍼医者だとおもっておりましたが、金に困っていたみたいだし、寝所がひどく荒らされていたことや、ほとけが療治に使っていた蒲団のうえで死んでいたことからも、やっぱり、揉み療治の途中で首を絞められたにちがいないと、手前も察した次第で」

「なるほど」

大家は正座したまま首を亀のように伸ばし、下から覗きこんでくる。

「あの……今さらなんですけど、どちらさまで」

「お、すまぬ。わしは平手又兵衛、南町奉行所の例繰方与力だ」

「南町奉行所、例繰方の与力さま……あの」

「どうかしたか」

「殺しを調べておられるのは、北町奉行所のお役人さまかと」

「まあ、そうだな」

「しかも、まことに失礼かとは存じますが、例繰方というのはあまり聞き慣れないお役目にございます」

「御奉行の御沙汰に用いる類例をお調べするお役目だ。無論、殺しの調べは廻り方の役目だが、ちと事情があってな」

「事情にござりますか」

何気なく食いさがる大家の信頼を得るべく、又兵衛は咄嗟に嘘を吐いた。

「ここだけのはなし、御奉行直々に探索せよとの密命でな」

「……み、密命にござりますか」

「しっ、大声を出すな」

「へっ、すみません」

大家は薄い頭を掻いた。

「密命と申せば、豊蔵親分がお仕えする旦那も隠密廻りのご様子でした。もしや、その旦那とも関わりが」

「ある」

又兵衛は流れに乗り、大家から上手にはなしを聞きだそうとする。

「隠密廻りの名は、真崎銑十郎だ」

「そうそう、真崎さまであられました」

「会ったことがあるのか」

「はい、三日ほどまえに一度だけ。おとらさんに紹介され、ほんの少し挨拶をさせていただきました」

「真崎がおとらのもとを訪ねてきたのか」

「ええ、はなしの中味は存じあげませんが、おとらさんは神妙な面持ちで真崎さまのおはなしを聞いておりました」

「なるほど」

少なくとも、おとらは殺される以前から真崎と顔見知りだったことはわかった。

又兵衛は顴骨の張ったほとけに目を落とし、やんわりとはなしを変える。

「ちと、おとら婆さんのことを教えてくれ。身寄りは、おはちという孫娘だけか」

「はい。おとらさんは独り身で、若い時分は金満家のお妾だったこともあると、自慢しておりました。おはちは日比谷稲荷の門前に捨てられていた赤子で、宮司が拾っておとらさんに預けたのです。おとらさんはどうしても子が欲しかったみたいで、おはちを孫娘として育てることにいたしました。そのことがあって以来、日比谷稲荷に毎年、多額のお布施をなさるようになりました」

「おはちは今、隣部屋におるのか」

「ええ、まあ」

大家はことばを濁す。どうやら、床に臥せっているらしい。

「飯も食べず、死んだように眠っております」

それでも会っておきたいと、又兵衛は強くおもった。

「何せ、まだ十八の娘にございます。今日のところは、ご勘弁願えませぬか」

大家が頭を下げたところへ、目つきの鋭い町人風の男が訪ねてくる。

「おい、新六は来たか」

上がり端で声を張り、廊下を渡ってきて顔を覗かせた。

素十手を肩に担いでいるところをみれば、むささびの豊蔵にまちがいなかろう。

こちらに気づくや、驚いたように押し黙る。

すかさず、又兵衛は脅しあげた。

「豊蔵か、新六とは誰だ」

「へっ、あの、どちらさんで」

「南町与力の平手又兵衛だ。もう一度聞こう、新六とは誰だ」

「おはちの情夫（いろ）でごぜえやす」

「ほう、十八の孫娘に情夫がおったとはな。そやつは何をしておる」

豊蔵が言いあぐねていると、大家が横から口を挟んだ。

「平手さま、新六は樽廻船（たるかいせん）の船頭にござります。おはちは三年前から、新川河岸の一膳飯屋で給仕をやっておりました。おとらさんによれば、あるとき見世の常連だった新六に声を掛けられ、何となくつきあいはじめたとか」

「ふうん、何となくか」

「どうせなら嫁に貰ってくれればよいのだが、新六は江戸と大坂を行き来する樽廻船の船頭だけに、ひとつところに落ちつく様子もない。いっしょになる見込みがないのなら切れてくれればよいものを、おはちのほうが入れこんで切れ話にもならない。そんなふうに、おとらさんは嘆（なげ）いておられました。と申しましても、そのはなしを聞いたのは、かれこれ一年ほどまえになりましょうか。近頃のおとらさんは、愚痴（ぐち）ひとつ言わなくなった。新六のすがたも、この三月（みつき）ほど見掛けておりません」

ほとけのそばで暢気（のんき）に喋りつづける大家のことを、岡っ引きの豊蔵は血走った目で睨みつけている。

又兵衛はふいに立ちあがり、豊蔵に顔を近づけた。

「おい、新六に何の用だ」

「いえ、別に」

「隠すのか、怪しいな。おとら殺しと関わりでもあるのか」

「ござんせん。殺しとはまったく別のはなしで」

「喋らぬと申すなら、穿鑿部屋でじっくり聞いてもよいのだぞ」

「……せ、穿鑿部屋」

豊蔵は何故か、右手を後ろに隠した。

又兵衛はさきほどから、豊蔵が小指を一本欠いているのに気づいている。

「恐いのか。おぬし、もとは、むささびの異名で呼ばれた盗人であろう。右手の小指、責め苦で失ったのか。仲間を売ることを条件に、真崎に助けられたのであろう。ふん、図星らしいな。その素十手、わしがそうしたいとおもえば、いつでも取りあげることができるのだぞ。さあ、吐け。新六に何の用がある」

「ご勘弁を。あっしは真崎さまのお指図で、新六の行方を捜しているだけなので。まことにごぜえやす。捜す理由は、真崎さまにお聞きくださいまし」

又兵衛は溜息を吐き、小さくうなずいた。

「ふん、まあよい。真崎に聞いておこう。されば、別の問いだ。おぬし、鍼医者の長元坊に殺しの濡れ衣を着せたのか」

「えっ」

「わかっておるのだぞ。長元坊はおとらを殺めておらぬ。おぬしは昨晩、おとらが揉み療治を頼んでいたのを知り、長元坊に殺しの罪を着せようと考えた。なぜなら、まことの下手人を知っておるからだ。しかも、その下手人が捕まってほしくない者ゆえ、とんでもない嘘をでっちあげたに相違ない」

又兵衛は立て板に水のごとく喋りながら、岡っ引きの顔色が蒼醒めていくのを眺めていた。

まちがいあるまい、この男は殺しの筋書きを知っている。

だが、この場で真実を暴きだすのは難しそうだ。

豊蔵は歯を食いしばり、三白眼に睨みつけてくる。

「旦那、あっしは何も知りやせん。鍼医者の海坊主が捕まろうがどうなろうが、正直、知ったこっちゃねえ。文句がおありなら、真崎の旦那に仰ってくだせえ」

居直って啖呵を切る岡っ引きから、又兵衛は顔を背けた。

隣部屋でがさごそと、人の動く気配がしたからだ。

鍵を握るのは、おはちという孫娘かもしれぬ。

そんな予感がはたらいた。

四

翌朝、鬼左近に呼びつけられ、激しい口調で叱られた。

「おぬし、気でもふれたか。配下の同心に向かって、荒木田主馬を百足呼ばわりしたうえに、悪態を吐いたそうではないか。経緯を聞いた荒木田は怒髪天を衝く勢いでな、確たる証拠もなしに鍼医者を庇うようなら、おぬしも重い罪に問うてやると息巻いておるのだぞ」

予想していたことゆえ、さほど驚きもしなかった。長元坊を救うためなら何でもすると誓った以上、上役に叱られた程度ではいっこうに響かない。

午後になって奉行所から抜けだし、又兵衛はふたたび芝日蔭町へ向かった。

やはり、どうしても、孫娘のおはちにはなしを聞かねばならない。

何を根拠に長元坊を殺しの下手人と決めつけたのか、勘違いであればその旨をはなさせねばなるまいとおもった。

白張提灯のぶらさがる見世へやってくると、内から大家がひょっこり顔を出す。

「あっ、お役人さま、じつは困ったことが」

「どうした」

「おはちが行方知れずに」

今朝方、北町奉行所の荒木田から呼びだしがあり、大家も付き添いで呉服橋御門内までおもむいた。おはちがひとりで吟味を受けるあいだ、大家は御門前の水茶屋で待つように命じられた。ところが、いっこうに戻ってこない。痺れを切らして門番に取り次いでもらうと、おはちは疾うのむかしに帰したという。狐につままれたようなおもいで日蔭町へ戻ってきたが、おはちは見世に戻っていなかった。

「それから二刻（約四時間）ばかり、待てど暮らせど戻ってまいりませぬ。いったい、何処へ行っちまったのか」

吟味方の与力から直々に調べを受けた証人がすがたを消したとなれば、親代わりの大家も責を問われかねない。おはちの安否以上に、大家は自分自身のことを案じているようだった。

「困ったな」

又兵衛はつぶやき、ふと、斜め後ろに目をやった。

露地裏の井戸端で洗濯をする嬶ぁが、何か言いたそうな顔でみつめている。

「わしか」

又兵衛が自分の顔を指差すと、嬶ぁはそうだと言わんばかりにうなずいた。

急いで足を向けてみれば、にっと黒い歯を剝いて笑う。

「お武家さま、おはちを捜してんのかい」

「ふむ」

「それなら、たぶん、あそこだよ」

「あそことは」

「鯖稲荷の境内さ。おはちはね、狛犬の陰で船頭といつも逢い引きをしているのさ」

「まことか」

「嘘じゃないよ。おとら婆さんがあんなことになっちまう前の日も、あたしゃふたりをみているからね」

「そいつは何刻だ」

「逢魔刻さ。ふたりは狛犬の陰で、いちゃついていたんだよ」

嬶ぁは二重顎（にじゅうあご）を震わせて「うひひ」と笑い、河豚（ふぐ）並みに膨（ふく）らんだ腹をさすりだす。

「おはちはね、たぶん遊ばれているのさ。船頭の狙いは、おとら婆さんの貯めこんだ金にちがいない。あたしにゃわかるんだよ。これでも男をみる目はあるからね」

「おとらさんが殺められた晩はどうだ。船頭をみなかったか」

「みちゃいないよ。夜は亭主の相手をしていたからね。うひひ、あたしゃこうみえても子が四人もいるんだよ。亭主がどうしても五人目が欲しいって言うもんだから……」

「わかった、それ以上は言うな。されば、坊主頭の鍼医者はみなかったか」

「長元坊だろう。あいつは、すけべな野郎だね。亭主持ちのあたしなんぞをからかって、その気にさせようとするのさ。でもね、肩を揉んでおくれよと流し目を送ったら、するりと鰻（うなぎ）みたいに逃げちまった。あいつは一筋縄（ひとすじなわ）じゃいかない男さ。でも、嫌いじゃない。何て言うんだろう、俠気（おとこぎ）があるっていうのか、いざとなりゃ逃げずに助けてくれそうな気がするんだよ。だからね、あの晩はたしかに、ちょいと挨拶程度に声を掛けられたけど、あたしゃ長元坊が殺ったただなんて、これっぽっちもおもっちゃいない。何せ、あれほど人嫌いで因業なおとら婆さんが馴染んでいたんだからね、少なくとも金目当てじゃないってことは見抜いていたはずなんだから」

仕舞いには涙ぐむ嬶ぁに感謝し、又兵衛はその場から離れた。

目と鼻のさきにある鯖稲荷は、さほど広くはない。幕初のころは日比谷にあったが、日比谷御門を築いたときに遷座された。日比谷という名だけは引き継がれたものの、鯖稲荷の呼び名で親しまれており、虫歯封じの祈願に訪れる参詣人は後を絶たない。

――ごおん。

暮れ六つ（午後六時頃）の鐘が鳴っている。

まさに、逢魔刻であった。

鳥居を潜って参道を歩けば、人と物との境目すら判別し難くなってくる。

さきほどまで強かった風は嘘のように止み、静けさが境内を包みこんでいた。

狛犬の後ろにまわってみると、二十歳前とおもわれる娘が悄然と佇んでいる。

「すまぬが、おはちか」

そっと呼びかけても、顔をあげようとしない。

よほど悩みが深いのだろうと察し、又兵衛は黙然と近づいた。

おはちはゆっくり顔をあげ、黒目がちの涙目を向けてくる。

「わしは平手又兵衛だ」

名乗ってみせると、おはちは小さくうなずいた。

「昨日、お焼香に来ていただいたお武家さまですね」

「ふむ、隣部屋ではなしを聞いておったのか」

「はい、何となく。むささびの親分が困っておられました」

「困っていた理由がわかるか」

「たぶん、長元坊さんに濡れ衣を着せたと、お武家さまに疑われたからにございます」

「おぬしの訴えも決め手のひとつとなり、長元坊は縄を打たれた。長元坊は幼馴染みでな、唯一、わしが信を置く友なのだ」

おはちは目を丸くする。

「……ま、まことですか」

「ああ、それゆえ、昨日も今日もこうして、おぬしのもとへ足をはこんでいるのだ。長元坊は荒っぽい男だが、根は優しい。おとらさんを殺めることなんぞ、天地がひっくり返ってもあり得ぬ。何かのまちがいであろうとおもい、あやつを助けるための証拠を捜しておる。どうしても、おぬしの助けが要るのだ。頼む、このとおりだ、知っていることがあれば、包み隠さずに教えてほしい」

折り目正しく頭を下げると、おはちは慌てた様子で両手を伸ばしてきた。

ぎゅっと袖を握り、涙声で謝りだす。

「……も、申し訳ございません。わたし、嘘を吐いておりました」

おとらが殺された一昨日の晩、一膳飯屋から戻ってくる途中で新六を見掛けた。追いかけたが見失ってしまい、仕方なく見世に帰ったところ、おとらは変わりはてたすがたになっていた。

仰天しながらも、新六が殺ったにちがいないとおもいこみ、駆けつけた大家に向かって、咄嗟に嘘を吐いた。おとらから長元坊が揉み療治に訪れるのを聞いていたので、あたかも長元坊に殺められたかのように告げたのだ。

「わたし、とんでもないことをしてしまいました」

じつは、半刻ほどまえまで、ここで新六と会っていたという。

「空樽拾いの小僧が、新六さんの文を携えてまいりました。どうしても、ふたりだけで会いたいと言われたんです。何かとおもえば、婆ちゃんから隠し金の在処を聞いていないかと問いつめられました。わたし、泣きながら知らないってこたえたら、もう、おまえには用がないと言われて……それで、あんまりだからわたし、婆ちゃんを殺めたのは新六さんなんでしょうと、逆しまに問いつめたんです。そうしたら、新六さんは焦（あせ）った様子で、おれじゃない、じつは殺めた者を知っているって、そう言うんです……」

おはちはことばを切り、渇いた喉に唾を落とす。

又兵衛は期待しながら、粘り強く待ちつづけた。

「……でも、誰なのかは教えてくれませんでした。知れば、面倒なことになるから、知らないほうがいいって。だから、殺めたのは長元坊の先生じゃないんだなって、それだけはわかりました。わかった途端、先生を罪人に仕立てあげちまった、とんでもないことをしでかしたんだって、あらためて気づかされて……それで、新六さんにお願いしたんです。いっしょに御奉行所に行って、婆ちゃんを殺めた者の名を言ってほしいって。必死にお願いしたら、今はできないけど、一両日中にはかならず御奉行所へ訴えでるって、新六さんは指切りげんまんしてくれたんです」

「指切りげんまん」

「それだけじゃありません。約束の証しにと、これを持たせてくれました」

おはちは懐中に手を入れ、紙に包んだ何かを取りだした。

白く尖った代物だ。

「犀の角だそうです」

「どれ、みせてみろ」

手に取ってみると、つるつるした手触りの貝殻にも似ている。

おそらく、角の先端部分であろう。犀という生き物の角が唐渡りの高価な生薬に使われることを、何処かで聞きかじったことがあった。厳密に言えば、ご禁制の品だ。

せめてもの罪滅ぼしとのおもいから、おはちに手渡したのであろうか。

いずれにしろ、金の在処を尋ねた時点で、新六の狙いはあきらかだ。

おそらく、奉行所へ訴えでる気はあるまい。

しかし、おはちはまだ、新六のことを信じようとしている。

又兵衛は深々と溜息を吐きながら、犀の角を返してやった。

五

翌早朝、本所の百本杭に新六の遺体が浮かんだ。

又兵衛がそれを知ったのは午過ぎのこと、廊下で内勤の同心たちがはなしているのを小耳に挟んだのである。

「芝日蔭町の婆殺しがあったろう。川に浮かんだのは、孫娘の情夫らしいぞ。何でも、一刀で頭を斬られていたとか」

「殺ったのは侍か」

「しかも、手練だ」

又兵衛がふいに顔を出すと、同心たちは慌てた様子で離れていった。

踵を返そうとしたところへ、横合いから声を掛けられる。

「はぐれよ、聞いたぞ。幼馴染みの海坊主が土壇行きになるとか」

底意地の悪そうな笑みをかたむけてくるのは、年番方与力の山忠こと山田忠左衛門であった。

「殺しの調べは廻り方の役目、例繰方のおぬしがじたばたしたところで、連中にかなうはずもなかろう。大番屋で大見得を切ったらしいが、恥を掻くまえに荒木田主馬のもとへ謝りにいったほうがよいぞ。おぬしの恥は南町奉行所の恥でもあるからな、下手な動きはせぬことだ」

「はあ」

気のない返事をすると、山忠は舌打ちをして背を向ける。

そして、歩きかけて振りむき、ふたたび、鼻先まで近づいてきた。

「まんにひとつもないとはおもうが、海坊主が土壇行きを免れたら、ひとつだけ願いをかなえて進ぜよう。何がよい」

「別に……」

低声で応じながらも、又兵衛は考えなおした。

「……深川の料理茶屋で、〆鯖を馳走していただけませぬか」

めずらしいことに、そんな台詞を吐いたのである。

「ふふ、〆鯖か。よし、馳走してやろう」

山忠は満足げにうなずき、意気揚々と去っていった。

妙なことに、やる気がぐっと湧いてくる。

歯痛でもないのに、験を担いで鯖断ちをしているせいであろうか。

山忠なんぞに馳走されたくもないが、一流の料理茶屋で〆鯖を食べたい気持ちは大いにあるし、みながができぬとおもっていることを成し遂げ、鼻を明かしてやりたいおもいも当然のごとくある。

もちろん、長元坊も料理茶屋へ連れていかねばなるまい。山忠のしかめっ面を肴にしながら酒を呑めば、どれほど痛快なことかと、又兵衛は想像を膨らませた。

ともあれ、新六が殺められた真相を急いで調べねばならない。

捕まって今日で三日目、いつまでも大番屋の仮牢へ繋いでおくわけにもいかぬので、入牢証さえ出されれば、長元坊の身柄はすみやかに小伝馬町の牢屋敷へ移される。

牢屋敷内には拷問蔵があり、今よりも過酷な責め苦を受けることになろう。罪人を裁くには口書を取るのが決め事、白状するまで何度でも責め苦はおこなわれる。それでも白状せぬときは捕り方の裁量に任せる察斗詰となるのだが、吟味方にとって察斗詰は恥辱でもあるため、たいていの者は隠密裡に「牢死」とさせられた。

やり方なんぞはいくらでもある。飯に毒を盛ってもよいし、大部屋の囚人たちに内々に命じて襲わせてもよい。そもそも、責め苦で死なせても病死扱いにできるので、力自慢の相撲取りや胆の太さが売りの臥煙でも「牢入りだけは勘弁してほしい」と、半べそを掻きながら捕り方に懇願するという。

牢屋敷へ移されたら、解きはなちはいっそう厳しくなる。荒木田主馬は吟味方の威信にかけても、長元坊を重罪人に仕立てようとするだろう。

揉み療治を装って患者の老婆を殺め、あらかじめ狙っていた五十両を奪った。そうした筋書きが認められれば、悪質な殺しと窃盗により市中引きまわしのうえで斬首となり、屍骸の胴は様斬りに処せられる。

「くそっ」

又兵衛は首を振り、最悪なことを考えぬようにつとめた。

焦りを募らせて冷静さを欠けば、真相は闇の底へ埋もれてしまう。

さまざまな道筋を探り、まずは、真相にたどりつく端緒を得ねばならない。

与えられた役目をさっさと済ませ、部屋頭の中村に「大丈夫か」と問われても返事もせず、八つ刻（午後二時頃）には奉行所の門から外へ出た。

「鶹の旦那」

通りの向こうから駆けてきたのは、獅子っ鼻の甚太郎である。

今となっては唯一頼りにできる男かもしれず、又兵衛は足を止めた。

「長元坊の先生、たいへんなことになりやしたね。もちろん、先生が金貸しの婆さんを殺めるはずはねえ。そいつだけはたしかなんだ。きっと誰かが、濡れ衣を着せたにちげえねえ」

「ああ、そのとおりだ。されどな、そいつを証明せねばならぬ。おとら婆さんを殺めた真の下手人は誰なのか」

「百本杭に浮かんだ野郎かもしれやせんよ」

又兵衛は、ぎろりと目を剝いた。

「おぬしも聞いておったか」

「ええ、聞きました。早耳だけが取り柄なもんで。何でもそのほとけ、頭のてっぺんを皿のように殺がれていたとか」

「ほう」

「それだけじゃござんせん。大きい声じゃ言えやせんが、閉じた右手に朱房を握っていたとか」

「まさか、十手の柄に付ける朱房ではあるまいな」

「ね、やっぱし、旦那もそうおもうでしょ」

朱房の十手と聞いて頭に浮かんだのは、真崎銑十郎の狐顔である。

聞くところによれば、真崎は東軍流の免状持ちらしかった。

東軍流には、頭頂を水平に削ぎ斬る「百会斬り」なる奥義がある。

ひょっとしたらその技で、新六の頭を水平斬りにしたのかもしれない。

何故か。おとら殺しに関わっているからだろう。

新六はおはちに「殺めた者を知っている」と告げた。そのことばを信じれば、おとらを殺めた者に呼びだされ、口封じされたとも考えられる。あるいは、自分から会おうとしたのかもしれない。相手に口止め料を要求し、命を縮めたと考えれば辻褄は合う。

が、あくまでも、それらは当て推量でしかない。

とりあえずは、新六の足取りを調べるのが先決だろう。

「樽廻船の船頭なら、溜まり場は新川河岸辺りになりやすね。大川端で斬られて、大川に落とされた。ふつうなら河口から海に流れて魚の餌になりやすが、逆潮に乗れば本所の百本杭に流れついてもおかしかねえ」

「逆潮か」

「そこまでは、斬った野郎も考えていなかった」

甚太郎の言うとおり、屍骸がみつかったのは幸運の兆しかもしれない。

「きっと、金貸しの婆さんですよ。世話になった揉み療治の先生を見殺しにするわけにゃいかねえと、草葉の蔭から手を貸してくれたんだ」

「ああ、そうかもな」

甚太郎のことばが、何故か心に沁みてくる。

「それじゃ、あっしはひとっ走り行ってめえりやす」

「ん、頼むぞ」

「へへ、鬣の旦那に頼まれたら、死ぬ気でやるっきゃねえ。待ってておくんなさいよ、手掛かりを摑んでめえりやすから」

甚太郎は尻っ端折りになり、鬣を飛ばす勢いで駆けていった。

感謝はするが、期待はせずに待っていよう。

又兵衛は胸につぶやき、足早に数寄屋橋を渡りきる。

ふと、脳裏に浮かんだのは、おはちにみせてもらった「犀の角」であった。

何か引っかかる。それに、おはちの様子も気になった。

新六の死を知れば、動顚して自分を見失う恐れもある。

強風の吹くなか、又兵衛は芝日蔭町までやってきた。

これで三日つづけてになる。

見世の表口に近づくと、大家が脇道からあらわれた。

「あっ、平手さま」

「おはちはおるか」

「行き違いにございます。つい今し方、平手さまの御屋敷へ向かいました。何でも、縄を打たれた先生のことで、きちんと謝らねばならぬと」

「ちっ、そうか」

「あの、新六は誰かに斬られたのでしょうか」

「おはちは、そのことを知っておるのか」

「はい」

午過ぎにむささびの豊蔵があらわれ、新六が百本杭に浮かんだと告げていった。おはちの顔色は蒼白（そうはく）になったが、気丈に自分を保ち、乱れる様子もなかったという。

「見世を出ていくときも、覚悟を決めたような顔をしておりました」

「覚悟か」

又兵衛は吐きすて、今来た道を取って返す。

駆けようとしても、向かい風が強すぎて前に進めない。

おはちはたぶん、呉服橋御門内の北町奉行所へ訴えでる覚悟を決めたのだろう。

長元坊を救いたい一心からであろうが、いくら必死に訴えても、確たる証拠がなければ門前払いされるだけのはなしだ。真崎が気づいて何らかの手立てを講じれば、おはちの身が危うくなることも否めなかった。

焦りだけが募り、いっこうに前へ進めない。

砂まじりの横風に煽られ、目も開けていられなくなった。

六

八丁堀の屋敷には戻らず、呉服橋御門内の北町奉行所へ向かった。

すでに門は閉まっていたが、門番に駆込み女の有無を確かめると、おはちらしき娘が半刻ほどまえにやってきたという。だが、訴状らしきものを門番に預けただけで去ってしまった。

ひょっとしたらとおもい、又兵衛は南茅場町の大番屋へ向かったが、おはちが立ち寄った形跡は何処にもなく、つい今し方、長元坊が小伝馬町の牢屋敷へ移されたことを聞かされた。

薄闇のなかへ連れだしたのは、真崎銑十郎だという。

焦燥に駆られつつ、その足で小伝馬町へ向かい、牢役人を呼びつけて長元坊との面談を求めたが、荒木田主馬の許しがなくば引きあわせることはできぬという。頑なに拒まれたので、真崎との面会を求めたが、すでに牢屋敷にはおらず、行く先を聞いても知っている者はいなかった。

重い足を引きずって八丁堀の屋敷へ戻ったときには、戌の五つ（午後八時頃）をまわっていた。

静香は夕餉をとらずに待っていたが、両親は床に就いたあとだった。

確かめてみると、おはちは夕刻に屋敷を訪れていた。

「これを旦那さまにと、置いていかれました」

静香が不安げな顔で差しだしたのは、分厚い大福帳である。

「何かの足しになるのではと仰って」

さっそく捲ってみると、細かい字がびっしり並んでいた。

「これは……」

あきらかに、おとら婆の手による大福帳であった。

金を貸した相手、貸した日付と金高、返済期限や未回収の金高など、商売に必要な内容が綿密に書きこまれている。

「ん」

又兵衛は紙を捲る手を止めた。

月末の収支と並んで、別の欄が設けられている。

しかも、欄の左端には「犀の角」と記されているではないか。

又兵衛は瞬きもせず、紙をどんどん捲っていった。

犀の角の横には収支の金高も記され、月によっては収入が百両を超えている。

「怪しいな」

ご禁制の品とはいえ、犀の角を売るだけで、金貸し業の利息を遥かに上回る実入りが得られるものであろうか。ひょっとしたら、もっと高価な品々がふくまれているのかもしれない。

もう一度じっくり調べてみると、いずれにも売り先をしめすのであろう同じ文言と判じ絵が描かれていた。

最初に「うみなかのかえる屋」とあり、つぎに濁点の付いた将棋の歩駒と塀の絵が描かれている。おとらの遊び心なのか、それとも、売り先を隠そうとしてなのか、いずれにしろ、解くのが難しそうな地口であった。

「将棋の歩駒に濁点はぶ、それに塀で、ぶへいと読ませるのだろう。武平か撫兵衛か、いずれにしろ、名のほうはわかる。わからぬのは屋号だな。うみなかのかえるとは、何なのだろう」

独り言のようにつぶやいていると、静香が興味深げに覗きこんでくる。

そして、こともなげに「たぶん、なぞだてにござりましょう」と言ってのけた。

「なぞだてか。たとえば、海中の蛙と書くとか」

「いいえ、うみなかは海中ではなく、卯巳中と書きます」

静香は大きな瞳を爛々とさせる。

又兵衛はおもわず、吸いこまれそうになった。

「十二支か」

「はい、十二支の卯と巳のあいだには、何がはいりますか」

「辰だな」

「そうです。仮名にすれば、たつです。さらに、かえるは蛙ではなく、返ると書き、たつの二文字をひっくり返せばよいのです」

「つたか。なるほど、屋号は蔦屋だな」

「いかにも。蔦屋撫兵衛(つたやぶへえ)というお店ならば、ひとつおもいあたるさきが」

「まことか」

「はい」

「何処だ、教えてくれ」

又兵衛は身を乗りだし、静香の袖に縋(すが)りつく。

「新橋(しんばし)の出雲町(いずもちょう)にある唐物屋(からものや)かと」

永代寺門前の料理茶屋で賄(まかな)いの手伝いをやっていたとき、主人の撫兵衛が何度かやってきたらしい。

「たいそう、羽振りがよいご様子でした」

「なるほど、唐物屋か」

ぴんときた。

犀の角をはじめとしたご禁制の品々と唐渡りの珍品を扱う唐物屋、両者を結びつける鍵は「抜け荷」である。

おとらはおそらく、抜け荷の品々を唐物屋に売りつけていたのであろう。しかも、品物を運んでいたのが船頭の新六だったとすれば、大坂と江戸を十日ほどで航行する樽廻船に積載する酒樽(さかだる)に隠して運んだ公算は大きい。

おとらは毎月、新六から仕入れたご禁制の品々を唐物屋に卸していたのではあるまいか。そのことを隠密廻りの真崎銑十郎が嗅ぎつけ、裏付けを取るべく、おとらや蔦屋に近づいた。ところが、真崎は悪事を暴きだすどころか、双方を強請って上前をはね、私腹を肥やすようになった。

「あり得ぬはなしではない」

又兵衛は興奮の醒めやらぬ顔で、得手勝手に悪事の筋書きを描いていった。

肝心なのは、おとらが殺された経緯にも関わってくるかもしれぬということだ。

ただの物盗りではなく、抜け荷絡みで消されたのだとすれば、長元坊への濡れ衣を晴らす決め手になる。

「静香、でかしたぞ」

「えっ」

「おぬしに、なぞときの才があろうとはな。おぬしのおかげで、長元坊の命を救えるかもしれぬ」

「それならば、よいのですが」

静香は恥ずかしそうに頬を染め、膳の仕度をしはじめる。

「すまぬ。今から蔦屋へ行ってくる。さきに夕餉を済ませておいてくれ」

「かしこまりました」

しおらしく返事をしつつも、静香はいつまでも待ちつづけるにちがいない。夕餉をひとりでとるくらいなら、空腹でも一食抜くほうを選ぶ。痩せ我慢は寿命の毒だぞと諭しても、笑って取りあおうともしない。頑固な古武士のようなところがあると、常日頃からおもっていた。鬱陶しく感じるときもあったが、今はじつに頼もしい。

「されば、行ってまいる」

立ちあがって大小を帯に差すや、ぐうっと腹の虫が鳴った。

静香はぷっと吹きだし、又兵衛は照れたように舌を出す。

空腹でも満ちたりた気分になり、屋敷に背を向けた。

蔦屋に踏みこんでどうするのかなど、考えてもいない。

出たとこ勝負で乗りきるしかないと、覚悟を決めていた。

ほとんど人影もない大路を進み、又兵衛は新橋をめざした。

七

──うぉおん。

何処からか、山狗の遠吠えが聞こえてくる。

野分は去ったのか、風は収まっていた。

月も出ている。

鎌のような月が、流れる叢雲を切りわけていた。

出雲町の唐物屋は、探さなくともすぐにわかった。

大屋根に立派なうだつが築かれ、屋根看板に金泥の文字で『蔦屋』と書かれてあったからだ。

大股で歩み寄り、固めた拳で表戸をがんがん敲く。

しばらくすると、手代らしき男が脇の潜り戸から提灯を差しだした。

「何か」

「御用の筋だ。主人の撫兵衛はおるか」

朱房の十手をみせると、手代は神妙な顔つきになる。

潜り戸から内へ案内され、上がり端に座って待たされた。

ほどなく、髷をてからせた撫兵衛が奥からあらわれる。

鮟鱇顔の肥えた五十男だ。

小狡そうな目つきをみれば、阿漕な商売をしているのは一目瞭然である。

「南町奉行所与力の平手又兵衛だ」

「御奉行所の与力さま、されば、奥の客間にご案内申しあげねばなりませぬ」

「ここでよい。灯りを」

「へえ」

主人みずから行燈を手許へ引きよせる。

又兵衛は懐中に手を突っこみ、取りだした大福帳を無造作に抛った。

「芝日蔭町の金貸し、おとらは存じておろう。その大福帳に、おぬしの屋号が記されておる。しかも、ご禁制の品を卸して得た金高も月ごとに記されておった。犀の角などの生薬は、抜け荷の品にまちがいない。申し開きがあるなら、今ここで聞いてやってもよいぞ」

海千山千の唐物屋は、顔色ひとつ変えない。

こちらの眸子をじっとみつめ、狙いを探ろうとしている。

「身におぼえのないおはなしにござりますが、平手さまは何故、かような夜分におひとりでお越しになったので」

「決まっておろう」

面倒臭そうに言いはなつと、蔦屋はにやりと笑った。

「少しお待ちを」

帳場格子の向こうへ引っこみ、何やらごそごそやり、紫の袱紗に包んだ物を携えてくる。

「とりあえずは、お顔繋ぎということで」

袱紗を開くと、小判が三十枚ばかり重なっていた。

又兵衛は目を背け、こきっと首の骨を鳴らす。

「わしもずいぶん、見くびられたものだ」

「えっ」

「その大福帳さえあれば、おぬしをしょっ引くことは容易だ。されど、わしが問うたことにこたえてくれれば、大福帳をみなかったことにしてもよい」

「ほう、それはまた豪儀な。それで、お知りになりたいこととは」

「まずは、おとらとの関わりだ」

「三年ほどまえに、さるお方にご紹介いただきました。唐渡りのめずらしい品々を安く手に入れられるさきがあると」

「妙だな。おとらは金貸しだ。にもかかわらず、どうしてご禁制の品々を入手できるのか、疑わなかったのか」

「まとまった数のお品さえ買いとることができれば、どうやって入手したかなどは問いません。それが唐物屋にございます」

「ふうん、居直ったな。おとらを紹介した人物とは誰だ」

「それだけは、ご勘弁を」

「いいや、勘弁ならぬ」

又兵衛は怒声を発し、手許の小判を鷲摑みにした。

蔦屋の頭頂めがけて、小判をぱらぱら落としていく。

鮟鱇顔は真っ赤に膨らみ、への字に曲がった口が震えはじめた。

「おぬしは阿漕な唐物屋だ。そやつを庇って土壇へ行くか、そやつの名を吐いて自分だけ助かるか、選ぶ道はふたつにひとつしかない」

蔦屋は俯き、額の脂汗を袖で拭う。

そして、小さな声で名を漏らした。

「豊蔵と申す岡っ引きにございます」

又兵衛は片方の眉を吊りあげた。

「なるほど、豊蔵とは以前からの知りあいか」

「ええ、まあ」

「されば、隠密廻りの真崎銑十郎も存じておろうな」

「……は、はい。されど、何卒、今宵のことはご内密に願います」

「ああ、わかっておる。武士に二言はない。さあ、はなしてみろ。豊蔵は真崎の使いっ走りだ。当然、真崎も犀の角のからくりを知っておろうな」

「当初は、お調べになっておられました。真崎さまは、抜け荷を疑っておいでで」

「ところが、おぬしをしょっ引くよりも、おぬしから甘い汁を吸うほうを選んだ。そういうわけか」

「仰せのとおりにござります」

「よし。なれば、問いを変えよう。おとらが殺められたのは存じておろうな」

「……は、はい。何でも、鍼医者が捕まったとか」

「濡れ衣だ。おとらを殺めたのは誰か、おぬしは察しておるのだろう」

「……と、とんでもございません。手前なんぞに、わかろうはずもない」

「嘘を吐くと、ためにならぬぞ」

「断じて、嘘ではございませぬ」

脅えた目をみればわかる。嘘を吐いてはいないようだ。

「ならば、最後にひとつ。わしがここにやってきた理由はわかるか」

「お察しはつきます」

「ほう、言ってみろ」

促しても、鮟鱇は口をぱくつかせる。

「遠慮はするな。おぬしが何を言っても、聞きながしてやる」

「されば、申しあげます。みなさまとごいっしょで、金子が目当てではないかと。しかも、三十両ぽっちの端金ではなく、まとまった賄賂がご入り用なのではないかと、お察しいたします」

「ふふ、ようわかっておるではないか」

「それはもう」

「ちなみに、おぬしが賄賂を贈るさきは、どのくらいあるのだ」

「御鑑札をいただく御勘定所の方々を筆頭にして十指に余るかと。もちろん、南北町奉行所のお偉い方々もいらっしゃいます」

「ふうむ、なるほど」

「何卒、ここだけのおはなしに」

「わかっておる。約束したとおり、今宵のことはなかったことにしてやろう。ただし、賄賂はいらぬ」

「えっ」

鮟鱇が釣り針で吊られたような顔になる。

「されば、何がお望みで」

「そうさな、賄賂を贈った相手の名が記された帳簿があろう。それをみせてくれ」

「……こ、困ります」

「みせぬと言うなら、土壇行きにしてやるぞ」

「……ご、ご勘弁を」

唐物屋は弱々しく立ちあがり、帳場のほうから綴じた帳面を抱えてきた。

素早く受けとり、一枚ずつ捲っていく。

「ほほう、おもしろい」

聞いたことのあるお偉方の名だけでなく、賄賂の金高や届けた日付までが明確に記されてあった。そもそも、阿漕な手で稼いだ商人からもたらされた賄賂だけに、使いようによっては、この帳面一冊で大勢の首が飛びかねない。

「ほとぼりが冷めるまで、これは預かっておこう」

又兵衛は平然と言いはなち、帳面を懐中に捻じこもうとする。

「……そ、そんな。ただ、おみせするだけかと」

「甘いな。わしに嘗めきった態度をしてみせた罰だ。明日から心を入れかえ、まっとうな商売をする。約束しろ。しばらく様子を眺めて約束を果たしているようなら、頃合いをみて帳面は返してやる」

「わかりませぬ。いったい、何故、かような仕打ちを」

「ふん、おぬしにはわかるまい」

不浄役人のなかにも、利に転ばぬ者はいる。

唐物屋はまったく理解できぬようで、しきりに首をかしげていた。

八

翌朝、又兵衛は奉行所に出仕したその足で吟味方の御用部屋に向かい、部屋のまえで「鬼左近」こと永倉左近を待ちつづけた。

やがて、廊下の向こうから、裃姿(かみしもすがた)の鬼左近がやってくる。

又兵衛を一瞥(いちべつ)するなり、ちっと舌打ちしてみせた。

「永倉さま、お願いの儀がございます」

「ふん、朝っぱらから何の用だ」

「金貸しのおとら殺しにございます。捕まった鍼医者の長元坊は、濡れ衣を着せられておりました。それがしの見立てにしたがってお調べいただければ、確乎たる証拠を得ることができまする」

「何を偉そうに。例繰方の見立てなど、信用できるものか」

「殺しには抜け荷が絡んでおります。それでも、放っておかれますか」

「抜け荷だと」

「はい、おとらは唐渡りの生薬などといったご禁制の品々を樽廻船の船頭から隠密裡に仕入れ、新橋の唐物屋に卸しておりました。そのからくりを調べていた北町奉行所の隠密廻りも欲に目がくらんで……」

「ええい、待たぬか」

鬼左近は怒声をあげ、はなしを遮(さえぎ)った。

「おぬしはいつまで、寝言をほざいておるのだ」

「えっ」

「隠密廻りは御奉行直々の密命を受け、抜け荷などの悪事を秘かに探索する。悪事の黒幕に迫るべく仲間になったふりをするのはよくあること、節穴の目しか持たぬ例繰方風情にそのあたりが見抜けるとはおもえぬ。だいいち、鍼医者は牢屋敷送りになったと聞いたぞ。もはや、じたばたしたところで後の祭り、どれだけの証拠を揃えようとも、解きはなちにするのは難しかろう」

「されば、動いてはいただけぬと」

「あたりまえだ。おぬしごときのために、この永倉左近がひと肌脱ぐとおもうのか。ふん、はなしは終わり」

鼻先でぴしゃりと襖を閉められ、又兵衛は踵を返した。

覚悟はしていたので、冷静さを失うようなことはない。

ただ、腸が煮えくりかえるおもいだった。

正式な道筋で裁くことができぬのならば、おのれの力量で裁くしかない。

おおよその道筋は、頭に描くことができる。

あとは実行に移す勇気があるかどうか。

いずれにしろ、夜にならねば動けぬ。

あれこれ策を練りながら、夕方まで御用部屋で役目をこなした。

頭が冴えているせいか、いつもより捗ってしまい、夕の七つ（午後四時頃）より前には煩雑な類例の整理をすべて終えてしまう。

「もう、帰るのか。たまには一杯どうだ、つきあわぬか」

中村角馬の誘いを丁重に断り、さっさと片付けを済ませて奉行所から外へ出る。

正門をあとにしたところへ、甚太郎が追いかけてきた。

「鷭の旦那、わかりやした」

「ん、何がわかった」

「新六殺しの下手人でござんす。新川河岸の酔客が、大川端でみておりやした」

「殺しをか」

「はい。殺ったのは黒羽織の小銀杏髷、抜き際の一刀で頭の皿をすぱっと」

酔客が悲鳴をあげたので、小銀杏髷は刀を掲げて追いかけてきた。そのとき目に焼きつけた鬼のような顔が、真崎銑十郎の特徴と一致したらしい。酔客は川に飛びこんで難を逃れたが、殺しの下手人が同心なだけに番屋へは駆けこめなかった。

「よくぞ調べあげたな」

「褒めていただけるので。こいつはめでてえ、祝い酒でもかっ喰って寝ちまうか……あっ、忘れておりやした。旦那に言伝を預かっておりやす」

「誰から」

「それが、むささびの豊蔵なので。もちろん、豊蔵が真崎と通じていることはわかっておりやすよ。あの腐れ岡っ引き、鼻が利く野郎でしてね、あっしが旦那の御用で動いているのを嗅ぎつけ、こいつを袖に落としていきやがった」

渡された文を開いてみると、由々しい文言が記されている。

——孫娘は預かった。鯖稲荷裏の火除地にひとりで来い。

甚太郎が覗きこんでくる。

「孫娘ってのは、おはちのことでやしょうか。旦那とはどういう」

「深い関わりはない。人質に取っておけば、役に立つとでも考えたのだろう」

「罠でやしょうかね」

「それ以外に何がある」

睨みつけてやると、甚太郎は首を亀のように引っこめる。

「いってえ、誰の差し金でやしょうか」

「蔦屋であろうな」

「えっ」

「おぬしは知らずともよい」

「そんな。おひとりで向かわれるので」

「まあ、そうなるな」

「あっしも助っ人を」

「気を使わんでいい。おぬしは、小伝馬町の様子でも探ってくれ」

「牢屋敷にござんすね。長元坊の先生がまだ生きてるかどうか、しっかり確かめてきやすよ」

「莫迦者、縁起でもないことを申すな」

「へい」

甚太郎は自慢の尻を晒し、ぴしゃっと尻っぺたを叩いた。

気合いがはいったわけでもなかろうが、又兵衛は脱兎のごとく駆けだす。

腰にあるのは父の形見の和泉守兼定ではなく、すぐに曲がる刃引刀だった。

かまわずに駆けつづけると、途中で息が切れた。

新橋の手前だ。

溜池からつづく堀川は煌めき、白鷺が水際で羽をばたつかせている。

小走りに橋を渡り、夕陽に向かって進んだ。

斜め後ろには自分の影が長く伸び、みえざる力が背中を強く押してくる。

——行け、悪党どもを叩きのめせ。

鼓舞するのは、亡くなった父であろうか。

それとも、正気を取りもどした義父であろうか。

あるいは、悪事に関わったせいで命を縮めたおとら婆かもしれない。

まさか、揉み療治でからだを癒やしてくれた恩人が捕まろうとは、おもいもしなかっただろう。

——おはちは何も知らぬ。悪事にはいっさい関わっておらぬゆえ、どうか、どうか、お助けを。

おとらの声が、耳許で必死に囁いている。

もちろん、頼まれずとも、救うつもりだ。

鯖稲荷の裏手には、丈の高い草の繁る火除地があった。

端には頭の欠けた不動明王の石仏がある。

又兵衛は験を担いで石を撫で、雑草の狭間に踏みこんでいった。

九

しばらく進むと、草が円形に刈られた空き地へたどりついた。

暮れ六つまでには、まだ時がある。

すでに、相手は待ちかまえていた。

むささびの豊蔵をまんなかにして、人相の悪い浪人が三人いる。

おおかた、蔦屋に金で雇われた浪人どもであろう。

肝心のおはちは、少し離れた木に立ったまま縛りつけられていた。

可哀相に、猿轡まで嚙まされ、苦しげに藻搔いているのだ。

「へへ、ひとりで来やがったな。たいした度胸だぜ」

豊蔵は残忍そうな笑みを浮かべる。

どうやら、真崎銑十郎はおらぬらしい。

「真崎さまのお手を煩わせることもあるめえ。例繰方のへなちょこ与力なんぞ、ここにいる連中で充分だ」

「蔦屋に頼まれたのか」

「わかってんなら、帳面を返えしな。素直に返えしてくれれば、命までは奪わねえ」

「ほう、返さねば命を奪うのか。役人殺しは罪が重いぞ」

「ばれなきゃいいのさ」

「まあ、そうだろうな」

「余裕綽々じゃねえか。死ぬのが恐かねえのか」

「死ぬとおもっておらぬからな。そんなことより、おとら婆を殺めたのは、おぬしか」

「へへ、何でそうおもう」

「気づいたのさ。おぬしの小指が一本無いのをな」

「ふうん、それで」

おとらの喉首には、手形がくっきり残されていた。ただし、右手の手形にあるはずの小指がなかった。

「おぬしの文を読んだとき、ふと、そのことをおもいだしたのさ」

「ふん、気づくのが遅かったな。おれは婆さんの首を絞めて五十両を盗んだ。ほんとうは、貯めた隠し金の在処を聞きたかったのさ。真崎さまと山分けするつもりだったからな」

「真崎はあらかじめ、おとら殺しを了解していたわけか」

「あの因業婆、抜け荷の品々を蔦屋に売るのを止めたいと言いだした。そうなりゃ、こっちの取り分がなくなる。そいつは駄目だと脅したら、悪事の一部始終を訴状にして目安箱に入れると言いやがった。婆はこうと決めたら、何だってやりかねねえ。真崎さまに相談したら、死んでもらうっきゃねえと仰ったのさ」

「ところが、殺しの晩、おぬしは新六に顔をみられた」

「ああ、そうさ。新六は秘密にするので許してほしいと、命乞いまでしやがった。婆も消えちまったから、新六と直に抜け荷をやってもいいとおもったのさ。真崎さまに相談したら、危ういときっぱり仰った。口の堅え婆が仲立ちになっていたからこそ、危ねえ橋を渡ることもできたんだ。言われてみりゃ、そのとおりさ。せっかくの金蔓を失うのはもったいねえが、命を失うよりゃいい」

　適当な口実をつけて新六を呼びだし、真崎本人が手を下したのだと、元盗人の岡っ引きはぺらぺら喋った。

「なるほど、今のはなしを百足野郎に聞かせてやりたいものだな」

「荒木田さまは、どう逆立ちしても折れねえぜ。ご自分の考え次第で、白でも黒に変えやがる。あれほど強引な吟味方与力は、おれも知らねえ。誰からみても、敵にまわしたくねえ相手だろうな」

「おぬしらと一蓮托生ではないのか」

「さすがに、抜け荷の件に関わっちゃいねえさ」

一線を越えぬ分別の欠片だけは携えているのだろう。

「よし、わかった」

「何がわかっただ。てめえはここで死ぬんだぜ。死人に口なしとは、てめえのことさ。さあ、先生方、目障りなあの野郎をとっとと始末してくれ」

豊蔵が唾を飛ばすと、三匹の野良犬が躍りだしてきた。

三方から囲みを縮め、一斉に刀を抜いてみせる。

豊蔵が自信たっぷりに煽っただけあって、おもったよりも腕の立ちそうな連中だ。

が、又兵衛はいっこうに動じない。

抜きはなった刀が刃引刀であっても、闘い方は心得ている。

「死ね」

ひとり目が叫び、大上段から斬りつけてきた。

又兵衛は不動明王と化し、一歩も動かない。

——ぶん。

刃風とともに、鼻先へ白刃の切っ先が伸びてくる。

これを横三寸の動きで躱し、擦れちがいざまに脇胴を抜いてやった。

「うっ」

相手は顔から地べたに落ち、起きあがってこない。

「こやつめ」

ふたり目は狼狽えつつも、右斜め前方から突きを繰りだしてきた。

——びゅん。

鬢すれすれに、白刃が走りぬける。

又兵衛は反転しながら、相手の首筋をしたたかに打った。

「きょっ」

白目を剝いた浪人の背後から、三人目が斬りつけてくる。

右八相からの袈裟懸けだ。

「はうっ」

又兵衛は避けずに飛びこみ、相手の顎に刀の柄頭を突きあげた。

——がつっ。

顎を砕かれた三人目は、海老反りに倒れてしまう。

その勢いのまま、又兵衛は四匹目の獲物に迫った。

「ひゃっ」

豊蔵は尻をみせ、木のほうへ走る。

おはちの背後にまわりこみ、匕首を白い喉に押し当てた。

「来るな。近づけば、おはちの命はねえぞ」

又兵衛はかまわず、ずんずん近づいていく。

「嘘じゃねえ、やると言ったら、やるかんな」

おはちの白い皮膚が裂け、つうっと赤い血が垂れた。

又兵衛は足を止める。

刃引刀も鞘に納め、半眼で豊蔵をみつめた。

「止めておけ。殺生を重ねたら、あの世で成仏できぬぞ」

「待ってくれ、おれは死にたくねえ」

「誰が殺すと言った。野良犬どもも斬ってはおらぬ。気を失っているだけだ」

「ほんとか、助けてくれるのか」

「ああ、おはちから離れたらな」

「……わ、わかった。離れるから、約束は守ってくれ」

「守るさ。男同士の約束だ」

豊蔵はゆっくり木から離れ、後退りしはじめる。

「待て、逃げたら追うぞ。わしは兎並みに足が速いからな」

「兎並みに」

豊蔵は半信半疑ながらも足を止め、こちらへ恐る恐る近づいてきた。

「よし、それでいい」

又兵衛はうなずき、両手をだらりと下げる。

「ひとつだけ聞いておこう。わしを殺ったら、蔦屋からいくら貰えたのだ」

「……さ、三十両」

「ひとり頭か」

「いいや、おれが半分貰い、残りは三人が山分けする……はずだった」

「たった三十両とは、ずいぶん見くびられたものだな」

又兵衛は悲しげに笑い、おはちのほうに顔を向ける。

隙ができたと察するや、豊蔵が頭から突進してきた。

「死にさらせ」

両手で匕首を握り、ずんと突きだしてくる。

刹那、又兵衛は抜刀した。

「ぬりゃ……っ」

鋭い気合いとともども、刀身を袈裟懸けに振りおろす。

――ばすっ、ぼきっ。

鈍い音がふたつ響いた。

豊蔵は白目を剝き、両膝をすとんと落とす。

又兵衛はたてつづけに左右から二太刀浴びせ、相手の鎖骨を二本ともまっぷたつにしていた。

杏色の大きな夕陽が、草叢を燃やすように落ちていく。

縛めを解かれたおはちは、美しい光景に声を失った。

――ごおん。

芝切通のほうから、暮れ六つの鐘が響いてくる。

もちろん、これが終わりではない。

「見せ場はここからだ」

又兵衛は不敵な顔でつぶやいた。

十

八丁堀の七不思議とされるもののなかに「地獄にあっても極楽橋」という言いまわしがある。地獄の獄卒にも喩えられる不浄役人たちの住む八丁堀にあって、堀割のひとつに架かる小さな橋の名を揶揄したものだが、その極楽橋を渡ったさきに、北町奉行所吟味方筆頭与力の屋敷はあった。

門は例繰方与力の屋敷と同じ冠木門だが、どうしたわけか、みる者を圧倒するような威厳を感じる。

荒木田主馬という名にたいして、知らぬ間に畏怖を抱いているのだろうか。

「ふん、百足野郎なんぞに怯むものか」

又兵衛は吐きすて、大八車を牽いた。

おはちは後ろから押す役目を買ってでたが、非力すぎてほとんど役に立たない。

もっとも、芝口からは平坦な道程なので、橋を渡るとき以外はさほど苦も無く牽いてこられた。

周囲をみまわせば、深閑とした闇に包まれている。

塀際に大八車を置くと、大股で冠木門に近づいた。

肩をぐるぐるまわしたあと、覚悟を決めて門を敲く。

——どんどん、どんどん。

雷鳴のような音に気づき、脇の潜り戸から小者が顔を差しだした。

又兵衛の風体をみても、町奉行所の与力とは気づかない。

髪は乱れ、顔も着物もひどく汚れているからだ。

「南町奉行所例繰方与力、平手又兵衛である」

「はあ。かような夜更けに、いったい何のご用で」

「荒木田主馬さまに火急の用件がある。取り次いでくれ」

「かしこまりました。しばらくお待ちを」

尋常ならざる事態と察したのか、小者は慌てた様子で引っこむ。

耳をそばだてると、地べたを走る跫音が遠ざかっていった。

おはちは大八車の陰で小さくなっている。

今から何をはじめるのか、いっさい聞かされていない。それだけに、胸が潰れるほどの不安を抱えているはずだった。

可哀相だが、又兵衛はおはちを気遣うほどの余裕を持ちあわせていない。

この機を逃せば、長元坊は救えなくなる。

肩に力がはいらぬはずはなかろう。

――ぎぎっ。

重厚な軋(きし)みとともに、冠木門が開いた。

門の向こうに立っているのは、存外に小柄な人物だ。

提灯に照らされた風貌は、達磨(だるま)を連想させる。

ぎろりと剝いた眸子が大きく、睨まれた途端に萎縮(いしゅく)してしまうほどであった。

少なくとも、百足を連想させる外見ではない。おそらく、持って生まれた性分や吟味のやり方が、周囲から百足のごとく忌(い)み嫌われているのだろう。

「わしが荒木田主馬じゃ」

発せられた声も、予想とちがって疳高(かんだか)い。

又兵衛は一歩踏みだし、ぐっと顎を引いた。

「南町奉行所例繰方与力、平手又兵衛にござります」

「何処かで小耳に挟んだ名ゆえ、わざわざ門を開いてやったのじゃ」

「恐れ多いことにござります。じつは、牢屋敷に繫がれた長元坊なる鍼医者のことで罷り越しました」

「ふっ。呉服橋に通って三十有余年になるが、御用の向きで屋敷へ出向いてくる与力などひとりも知らぬ。ひょっとして、おぬし、阿呆なのか」

「阿呆にござる」

売りことばに買いことば、又兵衛は見事なまでに居直った。

「阿呆ゆえに本来の役目を離れ、金貸しのおとら殺しを調べてまいりました。おとらの命を奪ったのは岡っ引きの豊蔵、殺めるように指図したのは隠密廻りの真崎銑十郎にござります」

荒木田はぎょろ目を剝き、じっと睨みつけてくる。

そして、ぷっと吹きだした。

「真崎銑十郎だと。ふん、笑わせるな。北町奉行所の同心が殺しを指図しただと」

「指図しただけではござらぬ。みずからも、手を下しております」

「何だと」

「昨日の朝、百本杭に船頭の屍骸が浮かびました。名は新六、おとらの孫娘と深い仲にありました。新六は三年前より、樽廻船で大坂から江戸へ抜け荷の品々を運び、おとらを介して新橋出雲町の蔦屋撫兵衛という唐物屋へ売っていた。真崎はその一件を調べておりましたが、いつの間にか役目を忘れ、おとらや唐物屋から取引の上前をはねるようになりました。つまり、私腹を肥やしていたのです。ところが、おとらが悪事から手を引きたいと言ったことで双方のあいだにひびがはいり、とどのつまりは、おとらを殺めざるを得なくなった。事情を深く知る新六の口も封じる必要に迫られたというのが、真相にござります」

「ふうん、それを証明できるのか。できぬようなら、おぬしは腹を切らねばならぬぞ」

「ご心配にはおよびませぬ」

又兵衛はふいに踵を返し、塀際に置かれた大八車に近づいた。

荷台から地べたへ、何かを引きずりおろす。

左右の鎖骨を折られた豊蔵にほかならない。

意識が朦朧（もうろう）としている豊蔵の襟首（えりくび）を摑み、又兵衛は門前まで引きずってきた。

荒木田は驚きもせず、痰（たん）でも吐くように問うてくる。

「そやつは何だ」

「岡っ引きの豊蔵にござります。さきほどの経緯は、こやつがみずからの口で喋った内容にほかなりませぬ」

「なるほど、生き証人というわけか」

「はい」

又兵衛は期待した。

荒木田はかならずや、公正な裁きを下してくれるにちがいない。

ところが、期待は見事に裏切られた。

「されどよ、そやつが死ねば、おぬしの言ったことは絵空事（えそらごと）にならぬか」

公正であるべき吟味方筆頭与力が、妙なことを口走ったのである。

「おぬしは内勤ゆえ、牢屋敷の恐ろしさを知るまい。牢に繫がれた悪党どもにとってみれば、そやつは裏切り者の岡っ引き、三日と生きておられるとはかぎらぬぞ」

「仰る意味がわかりませぬが」

「岡っ引きの一匹や二匹、どうにでもなるということじゃ。されど、隠密廻りの行状（ぎょうじょう）が世間に知れたらどうなる。町奉行所の威信は地に堕（お）ちようぞ。お上から禄（ろく）を頂戴する者ならば、それだけは避けねばならぬ。宮仕えの武士には、守らねばならぬ一線というものがあろう」

「わかりませぬな。真実を捻（ね）じまげてでも守るべき威信など、糞（くそ）のようなものにざる」

「何じゃと」

荒木田が怒声を発しても、又兵衛は怯まない。

「町奉行所の役人が守らねばならぬ一線とは、悪事を許さぬ心の持ちようなのではありませぬか。悪は悪と断じきる冷徹さこそが、吟味方に求められる資質にござろう。その意味では、荒木田さま、あなたは資質を欠いておられる」

「ぬぐっ……」

荒木田主馬の歯軋りが聞こえてくる。

「……お、おぬし、このわしを愚弄する気か」

「愚弄するどころか、そちらの出方次第では、断罪する所存でおります」

「……だ、断罪じゃと」

「いかにも、それができる動かぬ証拠もござりますれば」

又兵衛はすっと身を寄せ、荒木田の顔に息が掛かるほどの間合いで囁いた。

「抜け荷の品を扱っておる蔦屋が、賄賂を贈ったさきの帳面を隠し持っておりました。じつはそのなかに、荒木田さまのお名も記されてござります」

「何じゃと」

「身に覚えがないと仰せならば、その帳面を筒井伊賀守さまのもとへ差しだそうかと。逆しまに、覚えがおありだと仰るなら、帳面は燃やしてもよいとおもうております。もちろん、燃やすには条件がひとつ、今すぐに一筆お書きになって牢屋敷へ使いを送り、諸事情により鍼医者の長元坊を解きはなちにするとお命じください。そうしていただければ、かならず、お約束はお守りいたします」

荒木田は拳を固め、ぶるぶる震えている。

怒りなのか、恐れなのか、判別はつかない。

人を見下したことしかない者が、生まれてはじめて修羅場に立たされたのである。

「……わ、わかった」

百足と呼ばれる吟味方与力は、意気消沈したようにつぶやいた。

おのれの保身しか考えぬ者の末路は、惨めと言うよりほかにない。

荒木田主馬のごとき者が吟味方の頭であるかぎり、江戸市中にまことの安寧は訪れぬであろう。

本来なら、腹を切れと恫喝したいところだが、又兵衛は差しひかえた。

長元坊が解きはなちになりさえすれば、ほかのことはどうでもよい。

荒木田の顔など二度と拝みたくもなかった。

暗闇の狭間から、おはちの啜り泣きが聞こえてくる。

長元坊が斬首されずに済んだことを、神仏に感謝しているのだろう。

腹に溜まったものを出しきったせいか、異様に腹が空いてきた。

〆鯖で一杯飲りたいなと、又兵衛はおもった。

十一

蔦屋から奪った帳面のなかに、荒木田主馬の名は載っていなかった。

ただ、載っていてもおかしくはないとおもい、又兵衛は賭けに出たのである。

咄嗟の判断だった。荒木田が一笑に付せば、長元坊は土壇に送られていた公算が大きい。

ともあれ、牢屋敷に急使が送られ、解きはなちは明日の早朝に決まった。

あと数刻のあいだは、長元坊に会えない。

又兵衛にはまだ、やるべきことが残っている。

真崎銑十郎と対峙し、決着をつけねばならない。

長元坊が解きはなちになれば、真崎は荒木田に見放されたことを知るだろう。

七方出も得手とする隠密廻りだけに、雲隠れでもされたら、みつけだすのは難しい。あとで知ったら長元坊は怒るだろうが、今夜のうちに決着をつけねば、悪事の黒幕を逃すことにもなりかねなかった。

潜むさきの見当はついている。

おそらく、唐物屋のところだろう。

浪人どもを雇ったのは蔦屋だが、豊蔵に命じてこの身を始末させようとしたのは、真崎にちがいない。だとすれば、蔦屋ともども首尾を確かめるべく、首を長くしながら待っているはずだ。

又兵衛は屋敷に戻り、静香におはちを預け、愛刀の和泉守兼定を帯に差した。

新橋出雲町の蔦屋に着いたのは、日付の変わる直前である。

辺りは深閑とし、風音しか聞こえてこない。

ここからさきは、刃引刀に用はなかった。

相手は世に知られた東軍流の遣い手、嘗めてかかれば確実に命を落とすことになるだろう。

「よし、まいろう」

又兵衛は覚悟を決め、表戸に近づいていった。

拳を固めて敲こうとすると、脇の潜り戸が音も無く開く。

まさしく以心伝心、顔をみせたのは主人の撫兵衛その人だ。

又兵衛はさっと身をひるがえし、壁に背中をくっつける。

蔦屋につづいて、黒羽織に小銀杏髷の真崎も出てきた。

しめたとばかりに、又兵衛は壁から身を離す。

「あっ」

蔦屋が声をあげた。

手にした提灯を翳(かざ)さずとも、夜空には上弦(じょうげん)の月がある。

頭上を照らす月光が、三人の輪郭(りんかく)を浮かびたたせた。

「ふん、死に損ないめ」

真崎は吐きすて、ゆっくりまわりこむ。

油断のない動きを、又兵衛は注視した。

「豊蔵は大番屋送りになったぞ。正気に戻ったら、おぬしの罪状を包み隠さず喋るにちがいない」

「さようなこと、荒木田さまが許すものか」

真崎は頭から否定し、探るような目を向けてくる。

「百歩譲って、豊蔵が喋ったとしよう。されど、あやつは盗人あがりだ。何を喋ったところで、荒木田さまは聞く耳を持たれまい。白でも黒にする強引さが、あのお方の持ち味ゆえな」

「たいした自信だな」

「自信がなければ、腐った世の中は渡ってゆけぬ」

「腐った世の中だと」

「ああ、そうだ。金のあるやつだけが潤い、正直な貧乏人どもは莫迦をみる。小悪党は捕まっても、大悪党は捕まらぬ。裁きの場に蔓延るのは理不尽なことばかり、それでも腐ったこの世を生きぬこうとおもったら、いっそ悪に染まるしかない。染まってしまえば楽になる。浅い正義を振りかざし、雀の涙ほどの禄米に感謝していたことが莫迦らしくおもえてくる」

「長ったらしい講釈は、それで終わりか」

「ふん、粗忽者にはわかるまい。あの世で経でも唱えておれ」

真崎は刀を抜いた。

腰を落として青眼に構え、すうっと鼻から息を吸い、口から長々と吐く。

東軍流は攻める際に気合いを掛けず、気配すらも消そうとする。ゆえに、音無しの剣の異名で呼ばれていた。

けっして、激しい剣ではない。すすっと気づかぬ間に迫り、一瞬で獲物を捕らえる。飛びたつ直前の猛禽(もうきん)にも喩えられるべき静けさが、東軍流を極めた者にはかならずあった。

並みの力量ではないな。

又兵衛は胸中につぶやいた。

どうやら、真崎も同じことを感じているようだ。

刀を抜かずとも、又兵衛の力量がわかるのだろう。

真崎は横歩きで板戸のほうへ三歩進み、突如(とつじょ)、くるっとこちらに背を向けた。

何をするかとおもえば、顔の高さで水平斬りを繰りだす。

「にぎぇっ」

悲鳴をあげたのは、鮟鱇顔の唐物屋だ。

足許に落ちた提灯が、めらめらと燃えている。

蔦屋撫兵衛は船頭の新六と同様、百会(ひゃくえ)と称される頭頂を削がれた。

皿になった頭の一部が、壁にぺしゃっと当たって落ちる。

蔦屋は頭から血を噴き、どっとその場に倒れていった。

――ぶん。
真崎は長尺刀の樋に溜まった血を振りすて、こちらに向きなおる。
面相が鬼に変わっていた。
「ふふ、これで、わしの悪事を証明できる者はおらぬ」
「あくまでも、生きのびるつもりのようだな」
又兵衛は動じない。
もはや、明鏡止水の境地におのれを導きつつあった。
意識したわけでもないが、煌々と輝く半月を背にしている。
二尺も跳べば、半月の笠をかぶったようにもみえるだろう。
最初から一合も打ちあわず、一撃で仕留めようと狙っている。
ならば、繰りだす香取神道流の奥義は「抜きつけ」以外にない。
片足を折敷き、飛蝗のごとく跳びながら抜刀し、相手の喉を刺突する。
わずかでも迷えば、横雲の動きから「百会斬り」を食うにちがいない。
東軍流は一尺、八寸、五寸と、間合いに応じて、胸、肩、頭と狙いを変える。
あたりまえのようだが、目算で瞬時に間合いをはかり、狙いを変えるのは難しい。

厳しい修練を積んだ者は、意図せずとも正確な太刀行きを披露してみせるという。敵の動きに応じて、変幻自在かつ無心に刀を繰りだす「無明斬り」こそが、同流の真骨頂とも言われていた。

されど、生死の間境にあっては、伝書に記された剣理など糞の役にも立たない。修羅場で勝敗を分けるのは意表を衝く豪胆さと命を捨てる潔さ、そのふたつしかないことを又兵衛は知っている。

「まいる」

静かな敵に向かって、又兵衛は気息を放った。

ぐっと身を沈め、片足を折敷くや、はっとばかりに跳躍する。

真崎は胸を反らし、目線をあげた。

又兵衛の背後に隠れた月が、つぎの瞬間、目に飛びこんでくる。

まさに、半月の笠かぶり。

「なんの」

真崎は両目を片袖で覆い、横雲の動きで受けながす。

おそらく、受けながしたとおもったにちがいない。

だが、真崎の動きよりも速く、白刃の先端は闇を裂いた。

「ぬわっ」

隠密廻りが最期にみたものは、空にある半月だったのかもしれない。

半月が兼定の白刃と一体になり、獲物の喉を串刺しにしたのだ。

真崎銑十郎は豁然と眸子を瞠ったまま、後ろ頭を地べたに叩きつけた。

東軍流では攻守を色に喩え、みずからの攻撃を赤、相手の防禦は青、混ぜあわせた紫をつねのごとく意識せよと教える。

真崎がみている色は、暗澹とした黒でしかない。

闇の狭間に堕ちた不浄役人は、地獄の業火に焼かれつづける。

「自業自得だ」

又兵衛は懐紙で血を拭い、兼定を素早く納刀した。

月に向かって一礼し、ゆっくりとその場から去っていく。

――うおおん。

愛宕の杜から聞こえてくるのは、血肉を求める山狗の遠吠えであろう。

死ねば誰もが山狗の餌になるだけのはなしだ。

何やら辛い。

唯一の救いは、幼馴染みと再会できることだろう。

底知れぬ虚しさを抱えながら、又兵衛は川沿いの道をたどりはじめた。

十二

翌朝、長元坊は解きはなちになったが、気恥ずかしいので小伝馬町へ出迎えにはいかなかった。おはちがどうしても行きたいと願ったので、静香に付き添ってもらい、ついでに長元坊の身のまわりの世話も焼くように頼んでおいた。

又兵衛自身は何食わぬ顔で出仕し、いつもと同様に御用部屋で類例を調べるなどして過ごした。中村角馬は長元坊の解きはなちを午頃に噂で知り、驚いたように問いを浴びせてきた。

「いったい、何をやったのか」

どうやったら、頑強な百足与力を心変わりさせられるのか。

「まったく与りしらぬはなしにござる」

と、又兵衛が応じると、中村は安堵したように溜息を吐いた。

廊下で鬼左近と擦れちがったときも、不審顔で呼びとめられ、中村と同じことを問われた。

「おぬし、まさか、御奉行へ直々にお願いしたのではあるまいな」

そんなふうに勘ぐるしかないのだろうが、又兵衛は即座に否定し、自分にもよくわからぬと曖昧に応じてやった。

しきりに首を捻る鬼左近と入れちがいに、年番方筆頭与力の山忠もやってきた。だが、こちらは惚けたような顔を向け、何も喋らずに通りすぎていった。深川の料理茶屋で〆鯖を馳走する約束は、反故にするつもりなのであろう。

少しばかり口惜しかったので、よほど背中に声を掛けてやろうかとおもったが、面倒臭いので止めておいた。

奉行所のなかでも噂にはなっているようだが、鍼医者ひとりが解きはなちになったはなしなど、三日と経たずに忘れられてしまうにちがいない。そうであることを、又兵衛は願った。

もちろん、隠密廻りと唐物屋が不審な死を遂げたことと関連付ける者などいない。

「すべては丸く収まった、ということなのか」

物足りなく感じるのは、やはり、悪は悪としてまっとうに裁かれるべきだというおもいがあるからだろう。

吟味方の花形与力だった父ならば、どうしたであろうかと、又兵衛はおもった。

荒木田主馬と正面切って対峙し、一歩も退(ひ)かずに闘ったにちがいない。丹念に調べあげた事の真相を公(おおやけ)にし、荒木田に象徴される北町奉行所の権威を失墜(しっつい)させてやったことだろう。

自分には、そこまで徹底する勇気も志(こころざし)もない。そこまでやることに、大きな意味を感じていないのかもしれなかった。ただ、長元坊の命さえ助けられれば、それでよかったのだ。

八つ頃には役目を終え、又兵衛は奉行所の門から外へ出た。

「よう、はぐれ又兵衛」

突如、太い声を掛けられた。

通りを隔(へだ)てた向こうの水茶屋だ。

大きな人影が、のっそり立ちあがる。

長元坊であった。

「おう、戻ったな」

又兵衛は気軽に応じ、通りを渡って近づく。

長元坊は無精髭(ぶしょうひげ)を生(は)やし、少しばかり窶(やつ)れてみえたが、おもったよりも元気そうだ。

「ふん、これしきのことじゃ、くたばらねえよ」

「そうだな。かえって、おぬしには薬になったかもしれん」

「礼は言わねえ」

「ああ、そんなものはいらぬ」

と、言いかけるや、長元坊が抱きついてきた。

骨が軋むほど抱き寄せられ、息が詰まってしまう。

「……お、おい……や、やめろ」

給仕に出てきた娘は、吃驚して立ちつくしている。

その後ろから、甚太郎も顔をみせた。

「よっ、ご両人」

と、ひやかされれば、益々、おかしなことになってしまうだけのはなしだ。

長元坊はようやく離れ、娘の持った皿から名物の味噌蒟蒻を摑んで食べた。

「これじゃ、腹の足しにもならねえな。おっ、そういえば、おとら婆さんに線香をあげるのを忘れていた。又よ、ちょいとつきあえ」

芝口の家に戻ったおはちのことも案じられたので、ちょうど訪ねてみようとおもっていたところだ。

長元坊は足取りも軽く、どんどんさきへ進んでいく。

その背中を、又兵衛も嬉々として追いかけた。

芝日蔭町の見世に着くと、おはちは往来で大家や近所の連中と楽しげに喋っていた。

「憑きものが落ちたみてえだな」

長元坊の言うとおり、心配はなさそうだ。育ててくれたおとら婆さんを失ったことは悲しいだろうが、新六のほうは小悪党に騙されたのだとわかり、未練が残らなかったのかもしれない。

おはちは又兵衛と長元坊をみつけ、興奮の面持ちで近づいてきた。

「おふたりのもとへ、お伺いしようとおもっていたところです」

手を取るようにして連れていかれたのは、おとらの寝所だった。

「じつは、つい今し方、とんでもないものをみつけてしまいました」

そう言って、床の間のほうへ進む。

壁に掛かった虫食いの軸には「面壁九年ののちに手足を失う」と記された達磨大師の横顔が薄墨で描かれている。

おはちは床の間を踏みつけ、達磨大師の軸を下から捲りあげた。

「あっ」

声をあげたのは、長元坊である。

軸の向こうには穴が穿たれ、金品が怪しげな光を放っていた。

おとらがせっせと貯めた蓄財であろう。

「それ、どういたしましょう」

おはちは、心底から困った顔で問うてきた。

大家や近所の連中にも、まだ教えていないという。

「どれどれ」

長元坊は腰を屈め、穴のなかに手燭を差しこむ。

そして、こちらを振りかえりもせず、上擦った声を響かせた。

「ざっと数えても、百両や二百両じゃきかねえぜ。どうする、これ」

「先生にはご迷惑をお掛けしました。いくらでもお好きなだけ、手摑みでお持ちいただいてもけっこうです」

「そういうわけにゃいかねえだろう」

と言いつつも、長元坊は手摑みでありったけの金品を攫おうとする。

又兵衛は眉をひそめた。

「蓄財のなかには、抜け荷の品々を売ったぶんもふくまれておろう。本来ならば、お上に召しあげられるべきものだ」

「おいおい、この期(ご)に及んで何を抜かす」

「とりあえず、手にあるぶんをそこに置け」

長元坊は口をへの字に曲げつつも、素直にしたがった。

又兵衛は何をおもったか、床に置かれたなかから一分金を二枚だけ摘(つ)まみ、長元坊の掌(てのひら)に握らせる。

「これは最後の揉み療治代、おぬしがまっとうに貰えるぶんだ」

「ほかは……ほかは、どうする」

又兵衛がこたえるより早く、おはちが声を弾(はず)ませる。

「ぜんぶ、鯖稲荷に寄進(きしん)いたします」

「よう申した」

おとら婆も草葉の蔭で、目を細めていることだろう。

「くそっ、かちんこちんの頑固頭め」

長元坊は悪態を吐き、今にも暴れだしそうになる。

宥めたのは、おはちであった。

「そういえば、たいせつなものを忘れておりました」

おはちは慌てたように部屋から飛びだし、紙に包まれた細長いものを抱えて戻ってくる。

紙を解くと、ふわっと酢の匂いが立ちのぼった。

「鯖の熟れ寿司にございます。平手さまの奥さまが、先生に食べさせておあげなさいと仰って」

すかさず、又兵衛は長元坊に尋ねた。

「歯痛は治まったのか」

「ん」

長元坊は左右の頰を叩き、にこっと笑う。

「責め苦で奥歯を抜かれてな、痛みも何処かに吹っ飛んだらしい」

「それなら、鯖断ちは仕舞いだ。こいつで一杯吞めるぞ」

おはちが機転を利かせ、お斎に使った余り酒を持ってくる。

ふたりは注ぎつ注がれつしながら、静香の熟れ寿司に舌鼓を打った。

「又よ、早く祝言の日取りを決めろ」

長元坊は酔いに任せ、余計なことを口走る。

暮れなずむ露地裏からは、すだく虫の音が聞こえてきた。

「もう、そんな時季か」

鳥や亀や鰻を放つ放生会と月見が済めば、秋の彼岸がやってくる。

燕は去り、鱗雲に覆われた茜空に初雁をのぞむことになるだろう。

寒気が次第に深まるなか、鯖稲荷の境内は萩の花に彩られよう。

祝言をあげるなら、萩の花が咲いているうちがよいかもしれぬ。

又兵衛はそんなふうにおもいながら鯖寿司を頬張り、大口を開けて笑う友の楽しげな顔をしげしげと眺めた。

この作品は双葉文庫のために書き下ろされました。

双葉文庫

さ-26-39

はぐれ又兵衛例繰控【二】

鯖断ち

2020年11月15日　第1刷発行

【著者】
坂岡真

【発行者】
箕浦克史
【発行所】
株式会社双葉社
〒162-8540 東京都新宿区東五軒町3番28号
［電話］03-5261-4818(営業)　03-5261-4833(編集)
www.futabasha.co.jp(双葉社の書籍・コミックが買えます)
【印刷所】
中央精版印刷株式会社
【製本所】
中央精版印刷株式会社

【フォーマット・デザイン】
日下潤一

ISBN978-4-575-67027-1 C0193
Printed in Japan

坂岡真
照れ降れ長屋風聞帖【五】
あやめ河岸
長編時代小説
殺された魚問屋の主の財布から、別人宛ての遊女の起請文が見つかった。痴情のもつれを装って闇に蠢く巨悪を、同心の半四郎が追う!!

坂岡真
照れ降れ長屋風聞帖【六】
子授け銀杏
長編時代小説
照降長屋に越してきた剽軽な侍、頼母が身請け話の持ち上がっている芸者に惚れた。三左衛門らは一肌脱ぐが、悲劇が頼母を襲う。

坂岡真
照れ降れ長屋風聞帖【七】
仇だ桜
長編時代小説
幕臣殺しの下手人として浮上した用心棒は、三左衛門を兄の仇と狙う弓削冬馬だった!! 満開の桜の下、ついに両者は剣を交える。

坂岡真
照れ降れ長屋風聞帖【八】
濁り鮒
長編時代小説
齢四十を超えて初の我が子誕生を待ちわびる三左衛門に、空前の出水が襲いかかる!! 愛するおまつと腹の子を守り抜くことができるか。

坂岡真
照れ降れ長屋風聞帖【九】
雪見舟
長編時代小説
一本気な美剣士、天童虎之介と交誼を結んだ浅間三左衛門は会津藩の命運を左右する巨悪に共に立ち向かう。やがて涙の大一番を迎え——!

坂岡真
はぐれ又兵衛例繰控【一】
駆込み女
長編時代小説〈書き下ろし〉
南町の内勤与力、天下無双の影裁き!「はぐれ」と呼ばれる例繰方与力が頼れる相棒と悪党退治に乗りだす。令和最強の新シリーズ開幕!

佐々木裕一
新・浪人若さま 新見左近【六】
恨みの剣
長編時代小説〈書き下ろし〉
同じ姓の武家ばかりを狙う辻斬りが現れた。下手人は説得に応じず問答無用で斬り捨てるという。冷酷な刃の裏に潜む真実に、左近が迫る!